家住牛街

陈春喜 著

群言出版社
QUNYAN PRESS
·北京·

图书在版编目（CIP）数据

家住牛街 / 陈春喜著 .— 北京：群言出版社，
2017.11
ISBN 978-7-5193-0388-4

Ⅰ. ①家… Ⅱ. ①陈… Ⅲ. ①散文集—中国—当代
Ⅳ. ① I267

中国版本图书馆 CIP 数据核字（2017）第 309277 号

责任编辑：潘　昊
封面设计：逸品书装

出版发行：群言出版社
地　　址：北京市东城区东厂胡同北巷1号（100006）
网　　址：www.qypublish.com（官网书城）
电子信箱：qunyancbs@126.com
联系电话：010-65267783　65263836
经　　销：全国新华书店

印　　刷：北京柏力行彩印有限公司
版　　次：2018年5月第1版　2018年5月第1次印刷
开　　本：710mm×1000mm　1/16
印　　张：12.25　　**彩　　插：**16P
字　　数：217千字
书　　号：ISBN 978-7-5193-0388-4
定　　价：42.00元

大吉大利

牛街礼拜寺

10 路公共汽车

我家用过的老物件

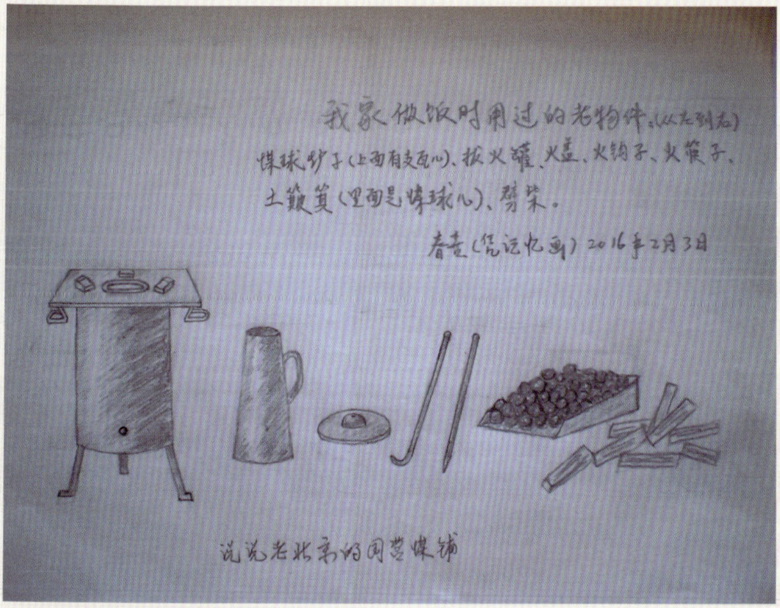

我家做饭时用过的老物件

窝头 · 咸菜 · 绿豆粥

妈妈的大芭蕉扇

广安门电影院

老白广路商场

大顺斋

点心匣子：京八件

正兴德茶庄内景

正兴德茶庄茶包

卷果与松肉

门钉肉饼

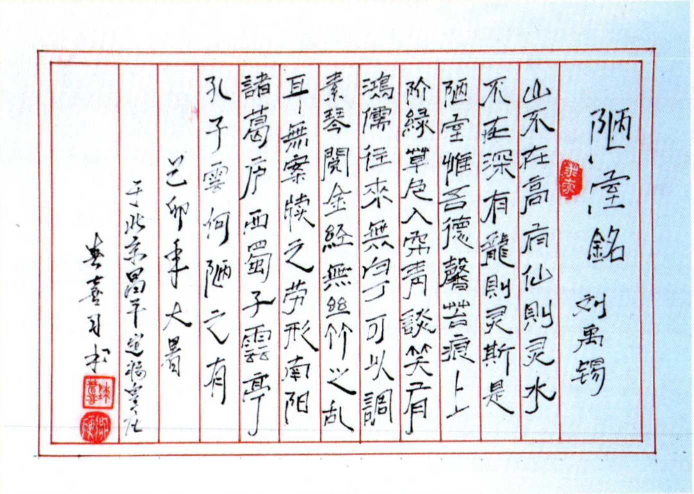

我迷上了硬笔书法 1

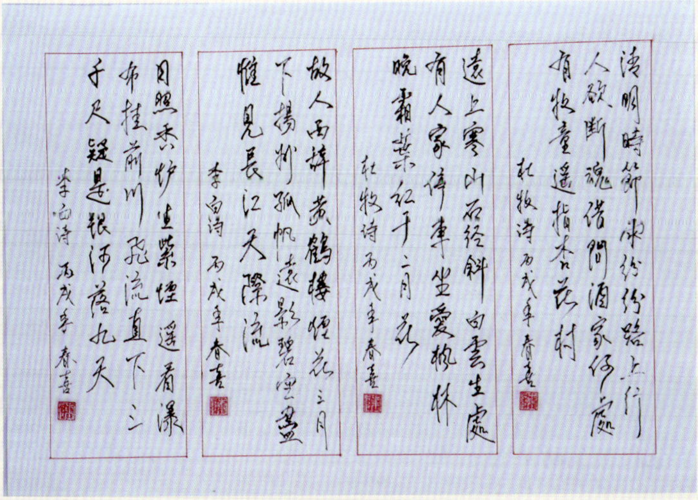

我迷上了硬笔书法 2

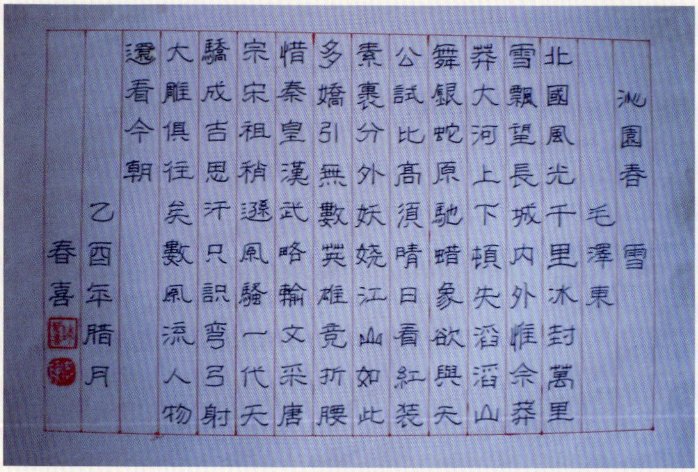

我迷上了硬笔书法 3

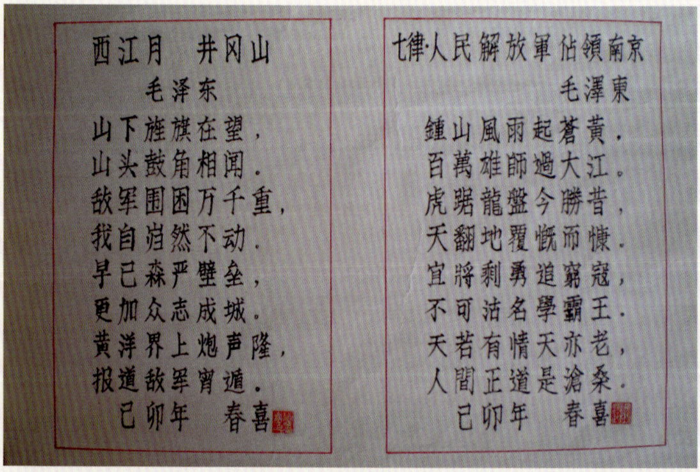

我迷上了硬笔书法 4

老北京清真饭馆跑堂伙记

虫趣

漫游南锣鼓巷（1）雨儿胡同牌楼

漫游南锣鼓巷（2）齐白石旧居

漫游南锣鼓巷（3）婉容故居

漫游南锣鼓巷（4）南锣人家

一本水彩

集烟盒

开篇寄语

此书献给生我养我的故乡——牛街，
献给那些可亲、可爱、可敬的老街坊们。

我的写作格言

悠悠岁月，多彩人生，人世间的喜怒哀乐，通过文字把它写出来，至于编辑部登与不登，那是他们的事。只要能陶冶情操，能抒发自己的内心世界感悟，心里痛快了，心情舒畅了，就足够了。

看到的、听到的、想到的美好事物，通过文字把它表现出来与大家分享，自己也乐在其中，何乐而不为呢?

有些人写作是为了挣钱，有些人是为了出名，这都是正常的，可以理解。而我的写作目的就是为了快乐，仅此而已。

能在文学写作领域里贡献一点点微薄之力，是我最大的快乐。

放平心态，顺其自然，积极写作。既陶冶了情操，又锻炼了脑力，那感觉真的很不错。

自序　家住牛街

说起故乡，一种亲切之情油然而生。然而每个人都有自己的故乡，都热爱自己的故乡。无论你是生长在城市还是乡村，那里的一街一巷、一屋一房、一砖一瓦、一山一水、一土一石、一草一木，都会深深地扎在你的心坎里。因为那里就是生你养你的故土，那里就是你赖以生存的故乡。

而我的故乡是北京，具体来说是北京市宣武区（今西城区）的牛街。

提起牛街，在咱北京可是大大的有名。为什么呢？因为那里是咱北京回族居民的聚集地，在那里居住的绝大部分都是回民，而我也不例外，也是回民。提起牛街礼拜寺更是大大的有名，在北京众多的清真寺之中是最大的、最好的，是一座有着千年历史的文化古迹。

牛街地区如果以牛街为中心点，说起来大家就清楚了，牛街是一条南北走向的街，从牛街南口的南横西街到牛街北口的广安门内大街，全长645米，宽10.5米。在街道的西侧排列着众多的小胡同，西侧（由北向南）有堂子胡同（后称牛街头条）、周家胡同（后称牛街二条）、丁家胡同（后称牛街三条）、羊肉胡同（后称牛街四条）、张家胡同（后称牛街五条）、穆家胡同（后称牛街六条）等。东侧（由北向南）有麻刀胡同、寿刘胡同、输入胡同、春风胡同、栅栏胡同等。在这里我只简单地介绍了牛街两侧的主要胡同。在牛街地区胡同连着胡同，小胡同大约60条，其中回族住户相对集中的胡同有30余条，比较著名的和我熟悉的胡同有，街东：教子胡同、西砖胡同、法源寺前街、法源寺后街、莲花胡同、烂漫胡同、丞相胡同等；街西：德泉胡同、糖房胡同、吴家桥头条、吴家桥二条、吴家桥三条、吴家桥四条、枣林斜街等。如我们家住在吴家桥四条，就是其一。当然，牛街的小胡同也是四通八达，如果从牛街到我们家，必须从牛街的路西进丁家胡同，到糖房胡同，才能到我们家的吴家桥四条。如果从别的胡同也能到我们那儿，以上我只举了一个例子。

儿时，这些小胡同成了我们这群孩子的乐园，我们在这里一玩就没够，什么捉迷藏、滚铁环、抓特务、骑马打仗、撞拐、弹球儿、拍洋画儿等，多了去了，因此也就给我留下了许许多多美好的印迹。至今忘不了，每当想起来，总是感到特别的甜蜜。

常言说：一方水土养一方人。而我就生长在这样的一个有着悠久历史的老北京的牛街地区，有着回族特色的小胡同的大杂院里。

回族人有着勤劳勇敢、热情厚道、敬老爱幼、邻里和睦、互帮互助、扶贫济困的良好风尚，世代沿袭传统，因此形成了回族自己特色的生活习惯，营造了牛街社会积极向上、共同发展的健康态势。在促进社会稳定与和谐等各方面发挥了至关重要的作用。

在这特殊的生活环境里，牛街的回族人也有自己民族的生活习惯，由于过去牛街人生活还不是特别富裕，都是普通老百姓，有做小买卖的，有蹬三轮车的，有拉排子车的……而手艺人相对比较多，因此，造就了有着牛街特色的清真饮食和特色小吃，比如像各种切糕、驴打滚、小枣粽子、艾窝窝、豌豆黄、蜜麻花、糖火烧、芝麻烧饼等，又如像酱牛肉、烧羊肉、卷果、松肉、羊头肉、牛口条等，这些小吃味道鲜美，风味独特，吃上一口，满口清香，那味道保证您忘不了。除了上述所说，还有很多很多，我就不一一说了。因此，牛街的许多手艺人在姓氏的前面都加上一个绰号，就像《水浒传》中一百零八将一样，如切糕马、火烧马、羊头马、烤肉刘、饹馇刘、爆肉陈、馅饼周等。这些绰号取材于他们的手艺和传承，在牛街相当有名，因此也就形成了他们特有的名誉和信誉。

随着社会的发展，牛街清真小吃声誉越来越高，在北京提起牛街小吃没有人不知道，所以，至今牛街的游客非常多。如果您想品赏清真小吃，就到牛街去，保证您不虚此行。

我爱牛街，在童年时期和青年时期给我留下了深刻的印象。我爱这里古色古香的环境，一条老街和曲曲弯弯的小胡同。还有那熟悉的老街坊和一起玩大的小伙伴。因此，在我写出众多的文章中，牛街特色的文章占了绝大部分，我把对他们的怀念，凝聚在字里行间，抒发从内心深处对他们的想念之情。文章中涉及牛街的民族文化、清真饮食文化、胡同文化、生活习惯等方面，充满亲情、友情、人情……

目录
CONTENTS

下辑 闲情偶记

上辑

家住牛街

洒满金色晚霞的小胡同

我家住的这条胡同叫吴家桥四条，这条胡同不太宽也不太长，但它和老北京许多的小胡同一样，有着它特有的风格和格调。多少年来，它深深地印在我的脑海里，每当想起它，总觉得是那么的亲切，那么的令人难忘。

整条胡同里的房屋格局全都不一样，但错落有致，显得很协调，有着老北京的味儿。不论是门楼还是台阶没有一个是重样的，有宽有窄，有高有低。这里的房和院墙也都不一样，有青砖墙（但是很少），也有青灰墙，还有带砖柜的土墙（也抹着灰）。整条胡同干净、清爽，透着老北京的生活气息。

1958 年，我开始上学了，上小学一年级，同时我也记事儿了。我生活在这条胡同里感到很幸福，也很快乐。我每天背着书包去上学，然后背着书包下学，都走在这条胡同里。不上学的时候，和同胡同的小伙伴们一起疯闹玩耍，别提多快乐了。那时的我无忧无虑，那是一段多么美好的时光呀！

每当秋季来临的时候，是北京最好的季节，秋高气爽，不冷不热，而且瓜果梨桃大量上市，胡同里还不时传来走街串巷做小买卖的吆喝声，勾引我的馋虫一个劲儿地往外窜。

每当下午放学之后，我一拐进这条小胡同，亲切之情油然而生，这条胡同是东西走向，每次我都从东口往西走，这是一条回家的路。这时太阳还没完全落下，晚霞染红了天边，而远处的西山都清晰可见。这金色的晚霞染红了屋顶，连门楼上瓦垄里的杂草，也被染成了金黄色。晚霞也染红了胡同的路面，同时也染红了胡同的行人，个个看上去都红光满面，别提多好看了。天上的云朵也被染红了，还镶上了一层金边，显得异常的美，在微风的吹拂下，变化着各种美丽的图案，它们有时像一匹奔驰的马，有时像一只可爱的小白兔，有时还会变成一头大象……

咦，这是谁家炖牛肉了？香气钻进了我的鼻孔。噢，又是该做晚饭的时候了，虽然不见炊烟，但那嗞嗞啦啦的炒菜声，还有那炝锅发出的阵阵香味，都是那么的美好。不知老妈今天做的什么饭，是不是又是窝头咸菜绿豆粥呀？但愿老妈今天能做一点好的，能吃到那有滋有味的炸酱面是最好不过了。我踩着走在我前面人长长的影子上，信步往家走。沿途又和几位大伯、大婶打招呼，他们又都回应着我，我的心情非常愉快。

光阴似箭，日月如梭，匆匆几十年一晃而过，每当我看见那金色的晚霞，总会想起儿时的情景，想起那洒满金色晚霞的小胡同……

啊，难忘那金色的晚霞，难忘那金色的童年！

说说儿时那一年的春节

我说的那一年是1963年的春节。

那一年我13岁，上小学五年级。

那年国民经济开始复苏，以前很少见得着的东西，街面上能看见了。虽然购买副食品还是要本（副食本），要票（票指的是粮票、布票、油票等），但总算能买到一些了。

那年的春节给我的印象最深刻，进入腊月之后，北京的大街小巷就有了变化，街面的买卖店铺都收拾得一干二净，有的还挂起了红灯笼，还偶尔听到零星的爆竹声，年味儿就这样不知不觉地冒出来了，年也就越来越近了。

腊月十几我记不清了，但是牛街副食店传来了一个消息，每家每户按人口计算，凭副食本每人能供应半斤花生、二两瓜子，这可是一个大好消息呀！花生、瓜子什么味儿我早已忘记，也难说，好几年都见不着了，没想到今年能有，虽然少了点儿，但毕竟是有呀！

那天，我正和胡同里的几个小伙伴玩弹球儿，虽然地上落下了薄薄的一层雪花，那也挡不住我们这些贪玩的孩子，照玩不误。正玩得高兴，就听见老妈喊："小四，快回来，去买花生、瓜子！"我回到家，胡乱地擦了擦手，接过老妈的副食本和钱问："上哪买？"老妈说："刚才还在咱们门口吆喝呢，一辆三轮车，挨胡同的卖。"我出院门一看，哪有三轮车的影儿呀？我拐进糖房胡同，又到了羊肉胡同，结果还是没看到三轮车。这时我碰上了邻居铁二婶，她对我说："小四，干吗哪？"我说："您看见卖花生、瓜子的三轮车吗？"她说："看见了，就在前面。"我又拐进两条胡同。在枣林斜街终于找到了那辆三轮车。卖花生、瓜子的是牛街副食店的两位售货员，推着一辆平板三轮车，车上有两个大笸箩，里面分别装着瓜子和花生，她们一个写本收钱，一个秤称，还好人不多，我等了一会儿，终于买了三斤花生、一斤二两瓜子。

我心里真是高兴。在回家的路上，我迫不及待地从包里掏出几粒花生，剥开后吃在嘴里。啊！这花生可真香呀！这也是我到现在仍然喜欢吃花生的一个原因，根儿可能是那时候落下的。

没过几天，万丰粮店（该店在牛街中段路西的高台阶上，出了丁家胡同东口往北一拐就到，离我们家没多远）又贴出通知：居民凭粮本每户供应五斤富强粉（面），五斤小站稻（米）。这又是一个大好消息。这年的春节，家家吃上了雪白的饺子，柔软、细腻、香甜的大米饭，过去连想都不敢想啊！

这年春节前夕，老妈带着我冒着大雪步行从牛街走到菜市口的正兴德茶庄买了半斤八毛一两的好茶叶，我知道平时老妈只喝四毛一两的，顶多喝六毛一两的，于是就问："今天干吗买这么好的茶叶？"老妈说："过年了，买点儿好茶叶，好招待客人啊！"

年前，我又和三哥一起，到聚宝源排队买了牛羊肉，到副食店买了五斤一等的大带鱼，三毛八一斤，花了近两块钱呢！

这年的春节，整个大杂院里处处透着祥和的喜气，家家都备足了年货。院里迷漫着炖肉的香气。大人们个个脸上喜气洋洋，孩子们穿上新衣，戴新帽，跑进跑出，身后留下一串欢快的笑声……

就这样，过了一个快乐的春节。那美好的气氛，使我至今难忘。

难忘儿时逛厂甸

时间过得真快呀，一眨眼又要过年了。人真是越老越怀旧，每当这个时候，我就想起小时候过年逛厂甸的情景。

记得 1963 年的春节，那时我才 13 岁。大年初二那天，我兜里揣着老妈给的一块钱，和三哥（比我大两岁）一起去厂甸庙会去玩。当时如果坐公共汽车从牛街到虎坊桥也就四分钱，就为省这四分钱，我们不坐车，走着去。到了厂甸，眼睛都不够使了，厂甸真热闹，人山人海，熙熙攘攘的，所出售的商品五花八门，卖什么的都有，随着人流走到小吃街，那烙肉饼、炸年糕、炒疙瘩的香味充满整条街，闻着都流口水。可以说，整个厂甸充满了红红火火祥和热闹的新年气息，也就是现在说的"年味"。

那次厂甸之行玩得真开心，我这一块钱派上了大用场，三毛钱买了一大串糖葫芦，这糖葫芦有一米多长，得用两手举着。红红的大糖葫芦透出了新年的喜气。您往街里看吧，人流中净是举着大糖葫芦的，当时成了厂甸中的一景。买完糖葫芦再往前走，来到一个卖京剧脸谱的摊位，这脸谱俗称大花脸，也是我们这帮孩子的最爱。脸谱真是多种多样，有孙悟空、猪八戒、关羽、张飞等，反正多了去了。我花两毛钱买了一个张飞脸谱，真叫好看，戴在头上心里别提多美了。我们是上午去的，到了快中午，肚子也有点饿了，于是来到小吃街。三哥问我想吃什么，我说当然是吃肉饼了。于是，我们每人买了一张肉饼，这肉饼是牛肉大葱馅的，里外冒油，别提多香了。吃完肉饼也该回家了，这时候我又花一毛钱买了五个玻璃球儿（那时我们玩的一种游戏就是弹球儿），最后我买了最喜欢的一本小人书《岳云》，花了一毛五。那天从厂甸回到家里，虽然很累，但心里非常高兴。

匆匆几十年过去了，而小时候逛厂甸的情景历历在目，它常勾起我对童年的回忆，那感觉真的很美好。

爆竹声声闹新春

爆竹是我国过年时不可缺少的一种物质，代表着一种喜气、祥和、热闹的气氛和气场。

过去每逢过年人们常说："姑娘爱花，小子爱炮。"说的就是那时过年时的情景。爆竹在咱北京都管它叫"炮仗"，放爆竹叫作"放炮仗"。这炮仗不但大人们爱放，更是我们这帮孩子们的喜爱。说起我们儿时过年时的情景，那真是有意思极了，趣事多多。我就跟您聊聊我们小时候过年放炮仗的事儿吧！

我儿时见过的有以下几种：鞭炮，论挂，一挂有100头、200头、500头、1000头等（头就是响儿）。鞭，又称"钢鞭"，有钢笔杆儿粗细，一寸多长，放起来非常脆响。炮，又称小鞭，有50头、100头、200头、500头等，它属于最小的炮仗，每个还不到一寸长，又比较细，也脆响，但威力比钢鞭小得多。因为它小，威力又不大，所以，小伙伴们都爱放它。

麻雷子：个大，粗壮，有10厘米长，放起来非常响，大人们放时都把它放在地上，点上捻儿之后赶快跑，我们小孩儿更是躲得远远的，还捂上耳朵，生怕震坏了。所以，这麻雷子在我们那儿很少放。

二踢脚：个大，但比麻雷子细，也短，但也有成人的大拇指粗细，10多厘米长，红纸包的，很好看。放起来是双响，点上以后，砰的一声，上半截飞上了天，然后到天上又是啪的一响，很好玩儿，但我们儿童不敢放，还是大人们放吧。

通常，像我们这帮10来岁的孩子，最爱放的就是小鞭了。那时候都穷呀！如果兜里有几毛钱，心里就美得不得了。如果有个1块、2块的那就是"富翁"了，能买很多好吃的和好玩儿的。那时小鞭有100响的，是我们的最爱，这100响的一挂才1毛6。买回来后不是一次整挂都放完，而是小心翼翼地把它拆开，然后放进兜里，再点上一根棒香，一个一个的单个放。胡同里的小伙伴，一起放炮玩，胆小的放在地上或台阶上放，胆大的拿在手里，点燃后再扔出去，空中啪的一声响，那感觉真美！如果遇上不响的，也舍不得丢弃，把它拆开后放"滋花"，晚上尤其好看。有时还玩出花样，下雪后，把小鞭插在雪堆里，点燃后，啪的一声炸出一团雪花。有时候找一个旧罐头瓶，点燃后小鞭的声音是闷响，也挺有意思。像这样的小鞭能伴随我们度过一个愉快的春节，从年前的二十七八开始，能玩到过了正月十五，它给我们增添了无限的乐趣。

除了小鞭，我们孩子们喜欢的还有许多其他的品种，如"窜天猴"，一根细细的小棍儿，有一尺多长，上面有一个彩色包装的花炮，放时，用手轻轻地捏住小棍儿，点燃捻子后，手举向天空，只听嗞的一声哨响，花炮窜向天空，在空中啪的一声炸响，很是好玩儿。不过有点贵，一个"窜天猴"3分钱，舍不得多买。再一种叫作"耗子屎"，是用泥做的，一圈一圈地盘起来，上面还有颜色，挺好看，有半个乒乓球大小，放时，把它放在地上，用棒香点燃后，它就转起来，放出五颜六色的花，有时还哧的一声飞起来，很有意思，"耗子屎"晚上放最好看了。这"耗子屎"便宜，才2分钱一个，我买5个花了1毛钱。

我还放过一种炮叫"炮打灯"，这种炮有成人的拇指粗细，2寸来长，放时，把它放在地上，我小心翼翼地用棒香点燃，然后赶紧跑开，它先是滋出亮晶晶的五颜六色的礼花，滋出有一米多高，很是好看，花放完后，上面燃起了像蜡烛一样的小灯，燃了一会儿，我刚要走近它，就听到啪的一声脆响，着实吓了我一大跳。这样，一个"炮打灯"才放完，您说多好玩儿。不过，这"炮打灯"要5分钱一个，因此我也舍不得多买，所以放得很少。

另外，我们还玩过"拉炮儿"和"摔炮儿"，"拉炮儿"是一个小钢鞭，两头都有半尺多长的小线，不用点燃，双手一拉就啪的一声响，小孩子们常用它搞恶作剧，在别人的背后，趁人不注意，用手一拉，啪的一声响，吓别人一跳，别人也不会生气，过年了，图的就是热闹。"摔炮儿"也不用点燃，玩时拿在手里照着墙上一扔，啪的一声响，挺好玩儿，同胡同的小伙伴在胡同里玩耍，经常放这种"摔炮儿"。

说不完道不尽的童年趣事，说不尽老北京过年时的习俗，而其中放鞭炮更是在童年的记忆里留下美好回忆，是那么的甜蜜，那么的有趣……

儿时灯节趣事多

每年的正月十五是我们传统的民间节日——元宵节。元宵节也称灯节，是春节过后又一个热闹喜庆的节日。

人真是越老越怀旧，回忆起小时候过年的情景，历历在目，仿佛就是昨天发生的事情。

记得那年是1963年，我已经13岁，上小学五年级。国民经济有所好转，有些平时不多见的东西，那年有的也见着了。那年的春节给我的印象最深，因为吃上了富强粉的饺子，还有小站稻做出的米饭，雪白、松软、香甜，非常好吃。还有就是吃上了花生和瓜子，那年北京人凭本（副食本），每人春节期间供应半斤花生、二两瓜子，虽然不是很多，却着实让我解了一次馋。

过年的热闹气氛还没散尽，紧跟着正月十五元宵节又到了。

过去有一句老话："八月十五云遮月，正月十五雪打灯。"这句话还真准，那天白天阴沉沉的，下午就开始飘起了雪花。雪花又给这美好的节日增添了一分乐趣。大杂院里又飘出了炖肉的香气，家家都忙着做晚饭，能炒上几个好菜，那是最好不过了。

那天的晚饭，老妈炒了几个好菜，我记得有炖牛肉、烧带鱼，还有几道蔬菜。最后，老妈又上了一道菜，就是煮元宵，这元宵还是三哥专门从菜市口南来顺的小吃店买回来的。老妈那天挺高兴，对我们说："这元宵有一首儿歌你们知道吗？说的是从前有一个傻媳妇，过门后第一次过元宵节，第一次吃元宵，她觉得很奇怪，这元宵是怎么做的呢？于是整天琢磨，还随口说出：'哈哈球儿，哈哈蛋儿，哈哈球儿里流糖馅儿，又没窟窿又没眼儿，这糖是怎么进去的呢？'"老妈说完，大家都笑了起来，老妈问我，"你知道元宵是怎么做的吗？"我说："我当然知道，界壁儿（隔壁）刘伯伯告诉我的，元宵是摇出来的，先把馅儿做好，不管是白糖桂花馅、五仁馅，还是豆沙馅，把馅做成剂儿，然后放在盆里，撒上江米面，淋上水，就开始摇，在摇的当中，反复加面加水，这时的元宵就越摇越大，直到做成。”老妈表扬我说：“小四说的还真对，你比那傻媳妇强多了。”听完，大家又是一阵大笑，还别说，南来顺的元宵真是好吃，又香又甜，我一气吃了四五个呢。

吃完饭后，天渐渐地黑了，胡同里的路灯也亮了，飘落的雪花在灯晕里像无数银白的小虫在飞舞。我拿出事先买好的花灯，这花灯是纸做的，上面有好看的图案，图案的造型是十二生肖，什么大公鸡、小白兔、龙、虎，还有喜庆娃娃抱大鱼等。这是双层折叠的，平时是折叠的，放到哪儿都不占地儿，用时两面一翻，中间的螺纹纸就形成一个圆圆的红灯笼，里面有一个细铁丝做的夹子，把一根小蜡烛夹在里面，点燃后翻起来就行了。灯笼上有一根小线，再用一根小棍捆好，拿在手里挑着，非常好看，这种灯笼小姑娘最喜欢了。那时的这种折叠花灯挺贵的，一毛五一个，一般的孩子舍不得买。

我棉袄的兜里装着白天拆好的小鞭炮，这是我最后一挂小炮了，一直没舍得放，就等着今天放呢。于是我和三哥还有同院的小伙伴喜忠、崇良，手里都挑着灯一起来到胡同里。我一看，啊，胡同里热闹非凡，同胡同的小伙伴都出来了，而且手里都挑着灯笼，我这时才注意到，喜忠拿的灯笼有点特殊，不是买的，而是自己做的简易灯笼，使用一个玻璃的罐头瓶，在瓶口扎上一圈小线，再做一个提梁，然后再拴在一根小棍上就行了。玩时，在瓶里放上一根小蜡烛，点燃后也挺亮的。在胡同里，有好几个孩子都拿着这样的灯笼，您看，多好玩儿！

这时，胡同里的孩子们越聚越多了，有男孩，也有女孩，他们每个人的手里都拿着小灯笼，这时的雪还在下着，房顶、路面都变成了银白色。远远看去，在纷纷扬扬的雪花中，无数个星星点点的灯笼光点缀在瑞雪之中，在此起彼落的鞭炮声中，他们尽情地唱呀、跳呀，欢歌笑语洒满了整个胡同。我仿佛沉浸在童话里，感觉是那么的高兴，那么的美好……

那些消失的老北京的吆喝声

我是50后，对北京有着特殊的感情，尤其是对牛街，充满爱和怀念。我时常想起那古色古香有着北京特色的小胡同，更忘不了那些可爱可敬的老街坊。每当夜深人静的时候，儿时那些发生的事，时时在我脑海里涌现。所以，我就拿起手中的笔把它们记录下来，和大家一起分享。

那时发生的故事很多，在小胡同传承着老百姓文化的底蕴，其中的一项“吆喝”，至今我还记忆犹新。

说起“吆喝”，那可是咱北京的一大特色，在过去的老北京，具体地说，在北京的大街小巷，您就会听到各种的吆喝声，那种从早到晚络绎不绝、抑扬顿挫、生动风趣出自小商小贩之口的吆喝，是那么的动听，那么的亲切，那么的令人难忘。

据我的回忆，这吆喝大致可分为两种：一种是买卖人的吆喝，一种是手艺人的吆喝。

我先说说买卖人的吆喝，这种吆喝也称叫卖声，那真是一绝，是咱北京独特的乡音。在胡同里一年四季、从早到晚都能听到那京味十足的叫卖声，那都是咱老北京一些走街串巷的买卖人，或挑挑儿，或担担儿，或推小车（有独轮的，有双轮的），都是些小本生意。

春天你会看到一个推排子车的男人，车上放着五颜六色的鲜花，每种都带着盆儿，那吆喝声好听：“买花儿来买花儿，买牡丹花嘞——”夏天卖小金鱼儿的更是得到孩子们的喜爱，那吆喝有特点：“买——大稀吆，买小金鱼儿嘞哎——蛤蟆骨朵大田螺子嘞——”卖冰棍的也挺有意思的，他推着一辆有四个小轱辘的车，上面放着一个漆了白油漆的木箱子，边走边吆喝：“冰棍儿败火——败火的冰棍儿——”秋天卖菜的比较多（其实北京一年四季都有卖菜的），就像侯宝林说的相声那样，能一口气吆喝出十几种菜，像唱歌一样，有韵有味才叫好听哪！冬天卖糖葫芦的人，肩上扛着一个草把子，上面插着许多糖葫芦，吆喝起来比较简单：“冰糖葫芦儿——葫芦儿冰糖的——”在冬天卖心里美萝卜的吆喝出来是这样：“萝卜赛梨哎——辣来换——”

此外，卖各种小吃的多了去了，在这里我不能一一说明，只简单给您举上几种以上所说的那几样，您多包涵。

再有就是凭手艺吃饭的，他们随身带着简单的行囊，行囊里面装的是工具，走街串巷，包揽生意。比如磨剪子磨刀的，他们肩上扛一个木板凳，上面有磨刀石，手里拿着铁串板，吆喝出来是这样的：“磨剪子嘞——戗菜刀——”然后晃动铁串板，哗啦哗啦地发出有节奏的响声。焊洋铁壶的，他们挑着担子，里面有工具和用料，一只手捂着耳朵，吆喝出来比较简单：“焊洋——铁壶哟——修理钢精锅——”还有的是这样吆喝：“有钢精锅换底——修理钢精锅——”锔匠吆喝出来是这样的：“锔盆儿哟——锔碗儿哟——”

此外，还有修理搓衣板的，修理雨伞的，修理眼镜的，修理钢笔的，他们都凭吆喝招揽生意，在这里我就不一一说了。

总之，沿街串巷的五行八作的贩夫走卒，将贩卖货物用曲艺清唱或口技形式吆喝出来，他们不愧为韵味十足的吆喝艺术家。随着北京日新月异的变化，小胡同越来越少，高楼大厦越来越多，那些吆喝声随着历史的变迁，离我们远去了，消失了。偶尔在电视剧、电影里听到一两声，也不是那个味儿了。它只能留在记忆里，随波逐流……

豆汁记

豆汁，一品地地道道的北京小吃，因其特有的风味，恐怕出了北京就没人认可了。

豆汁是用纯绿豆做粉丝时的下脚料做的，经发酵而成。它色泽灰绿，豆汁浓醇，味酸且微甜。因此，老北京人对它有着特殊的偏爱。

我们住的那条胡同叫吴家桥四条，这条胡同不太宽，在我们院的对面，铁老巴巴家就卖豆汁，每天早晨铁大娘儿（发“年儿”的音，娘儿也就是姑儿，我们回民都这么叫）就把她熬好的豆汁摆在宽敞的门道里，一个煤球炉子，炉子上一个大钢精（铝）锅，里面是热气腾腾的豆汁，一个小矮木桌，桌的四周放着小板凳，那时的豆汁 2 分钱一碗，桌上还放着一个小盘，里面有切得很细的咸菜丝。在我六七岁时，老妈就带我上这儿喝豆汁，一碗豆汁，半拉窝头，就着咸菜吃，这一顿早点就算齐了。在以后的日子里，我上学了，老妈就给我 2 分钱说：“上铁大娘儿那儿喝碗豆汁，吃完上学去。”就这样，豆汁伴随着我走过了金色的童年。

这豆汁，初次喝并不怎么好喝，酸了吧唧的，还有点馊味，可是喝的时间长了，你就会品出它的奇妙，那酸中有甜，甜中有香，就越来越想喝了。说到豆汁，我还听过一个小笑话：有一个老外，听说北京的小吃最好，其中豆汁最棒，于是他来北京之后，第一项就是品尝北京的小吃。他真是大饱了口福，北京的小吃几乎吃了个遍。当他高兴地买了一碗豆汁后，喝了一口，马上皱起了眉头，怎么豆汁是这个味呀？但他看到周围的人都喝得津津有味，他还是捏着鼻子喝完了这碗豆汁。在交钱时，他悄悄地对服务员说：“你们的豆汁得赶快卖。”服务员说：“怎么了？”他说：“都馊了。”他的话旁边的人都听到了，听后都哈哈大笑了起来：“这个老外真逗！”他脸红脖子粗地问：“难道我说错了吗？”他的话又招来了一阵大笑……

随着时间的推移，年轻时我作为一名北京知青上山下乡到了宁夏生产建设兵团，后来返城回京后，到了昌平区的一所小学任教，直到2010年退休，这段漫长的时间，我几乎没再喝过豆汁。直到2014年我到牛街宣传部去开座谈会，会议之余我又去了输入胡同，一进口路北，有一家老北京的牛街宝记豆汁店，这一下就勾起了我童年的回忆，我一步迈了进去，但愿这里的豆汁能给我带来幸福的回忆，还有那些令我难忘的老街坊……

剃头铺

说起理发这个行业，随着时间的推移，它有很多变化，回忆起来还真有点意思。

过去老北京人的男性，有剃光头的习惯。记得我小时候和一群一起疯闹的孩子，在胡同里经常唱的儿歌中就有一首是有关剃头的："说自由，道自由，为什么女的不剃头？男的剃头真好看，女的剃头大鸭蛋。"您说这儿歌多有意思。像我的老爸，在我的记忆中，始终一年四季都是剃光头。您还记得电影《骆驼祥子》吗？影片中年轻的祥子拉着洋车，奔跑在北京的大街小巷里，他就是剃的光头，您瞧他多精神呀！

过去在老北京，经常有走街串巷的手艺人，然而剃头的就是他们当中的一员。他不像其他买卖人那样吆喝，他从来不吆喝，我儿时看到过的有两种：一种是挑担的，一根扁担，前面是个小木箱，上面有许多小抽屉，里面装着剃头的工具，后面是一个小铁炉，一个铜洗脸盆，不是有那么一句"剃头挑子一头热"嘛，说的就是他们。还有一种，他们肩上背着褡裢，里面装着剃头的工具，他们左手拿着一个铁叉板，叫"唤头"，它像一个带把的大镊子，有一尺多长，头儿上有两个圆钢球紧挨着，右手拿一根小铁棒，只见他们拿铁棒一穿一挑，铁叉板就发出清脆的撞击声，还是颤音"当儿——"您只要一听这个声音，就知道是剃头的来了。

再有就是固定的摊位，称为剃头棚，就是用竹竿撑起一块大白布，尤其在夏天剃头的人坐在凉棚下剃头，挺凉快。

我今儿个跟您说的是我小时候在我们那的一个剃头铺。

我们家住的胡同叫吴家桥四条，在胡同的西头儿往南拐，就到了"西马坟地"，为什么叫"西马坟地"呢？据说在过去是专门埋小孩儿的坟地，那时作为一个地名，大家都习惯叫它"西马坟地"。穿过"西马坟地"就到了枣林斜街，再往南拐就到了白广路。这个剃头铺就在“西马坟地”一条胡同的街面上，老板姓周，所以大家伙儿都叫它“周记剃头铺”。

这个剃头铺不大，就两间门脸，进去之后，最显眼的就是正面墙头有一块大镜子（由于时间长了，镜面有些泛黄），镜子的前面就是一把大椅子，是专门给顾客准备的。周记剃头铺是个老店，而剃头的顾客差不多都是老街坊，所以大家都比较熟悉，到这来的老顾客，不单能剃头，还能侃侃大山，聊聊家长里短，别有一番情趣。

周老板有个40来岁，他剃头的手艺没得说，真叫棒。有一次老爸带我去剃头，那时我才10来岁，一进门周老板就热情地跟我们打招呼：“来了您哪！”老爸忙说：“来了，今儿个我们爷儿俩上您这儿剃个头。”周老板指着我问：“这位公子是？”老爸说：“这是我四小子，快叫周伯伯。”我叫了一声：“周伯伯。”周老板笑了：“瞧这孩子还挺精神！”他又对老爸说，“您先来，我先给您拾掇。”这期间我目睹了周老板给老爸剃头的全过程。

周老板让老爸坐在大椅子上，拿出一块围布抖了两下，围在老爸的身上，然后拿出剃头刀，先在挂在椅背上的一块长条钢（读gàng）刀皮条上钢（读：gàng）了几下，开始给老爸剃头，这期间只听得剃刀在头上发出唰唰的响声，一会儿的工夫，头就剃完了。这时老爸又坐在洗头盆前，周老板对好热水，把老爸的头洗得干干净净，洗完头后，又坐在大椅子上，周老板扳了一下椅子旁边的把手，椅子就变成了半仰式，老爸也由坐姿变成了半躺。周老板用一块热毛巾敷在老爸的下巴上，然后开始给老爸刮脸，这刮脸可是个细活儿，手艺要好。他先从老爸的脑门儿开始刮，然后往下，鼻子、脸颊都刮到了，连耳朵都刮到了。最神奇的是连耳朵的毛和鼻孔里的毛都用一把特制的剃刀，一旋一转，都刮得干干净净，这时他拿掉下巴上的热毛巾，用 把小毛刷，醮上肥皂，抹在老爸的唇上和下巴上，然后拿起剃刀，他剃得非常认真仔细，只听唰唰的声音，不一会儿就刮完了。刮完之后，周老板放下刮刀，两手十指在老爸的头上灵活地按摩和轻轻地敲打，看到老爸舒服的样子，我也笑了……

几十年后的今天，剃头铺在众人的眼中消失了，理发的行业也发生了很大的变化，您听这些名称就够新鲜的，什么美发厅、美发屋、发廊等。就连二十世纪六七十年代的“理发馆”这个称呼都没人叫了，更甭说剃头棚、剃头铺了。

老北京的剃头铺没有了，连那高超剃头的手艺也消失了，这不免让老一辈的人发出一声叹息……

对了，忘了告诉您一声，那天老爸的头剃得那叫一个好，而我也理了一个学生头，真的很精神！

菜市口旧景素描

在北京，说起菜市口，可以说是大大的有名，老一辈的人都知道，那儿在封建社会是处决犯人的场所，有些历史上有名的人在那里被砍了头。

说起我印象中的菜市口，那儿可以说真是一个好去处，又热闹又繁华，因此也给我的童年时期和青年时期留下了难忘的回忆。

南来顺饭庄

那时的菜市口是一个丁字街，我就从丁字街说起，丁字街往东就是骡马市、虎坊桥，再到珠市口，再远就不说了。丁字街往西是广安门内大街，经牛街到广安门，再远就不说了。丁字街往北是宣武门内大街，奔宣武门、西单方向，我也不说了。今儿个主要说说菜市口这一片。

我家住在牛街，从牛街到菜市口两站（公共汽车）地，我经常到菜市口去玩儿，虽然坐车只要四分钱，可我从没坐过。这两站地很近，从牛街到菜市口走也就 10 来分钟，根本不费劲儿。

那时的菜市口可真繁华呀！在那里聚集了大商场、小商店、菜市场、新华书店、电影院、文具店、餐馆等各种各样的设施，真可谓是繁花似锦。因此很多人都愿意去菜市口逛一逛，玩一玩，别提多美了！

著名的南来顺饭庄就坐落在丁字街的中间路南，这是一家清真饭馆，它坐南朝北，门脸正对着宣武门大街。南来顺饭庄分为两部分：一部分是正餐馆，一部分是小吃店。正餐馆不是很大，只有两大间通柁，里面有七八张供顾客吃饭的餐桌，桌上铺着雪白的桌布，桌子的四周是供顾客坐着的方凳，墙壁上挂着明码标价的菜谱，一行行，一列列，整齐明了。

那儿的菜肴都是咱老百姓喜闻乐见的家常菜，素菜、肉菜都有。最关键的是那儿的菜的味道，那叫一个地道，只要您一走进南来顺饭庄，就会闻到有民族特色的清香味，使人感到特别的亲切。

我佩服那时的大师傅的手艺，在南来顺，当您点好菜之后稍等片刻，一盘色香味俱佳的菜就端到您的面前，用眼一看，用鼻一闻，就会使您胃口大开，用筷子夹起尝上一口，用现在时髦的话说："啊，味道好极了！"

那里的炒菜都不贵，最便宜的素菜烧豆泡才 2 毛 2 一盘，像肉菜就相对的贵一些，一般都在四五毛钱一盘。我最爱吃那儿的烧茄子，素烧 3 毛 5，肉烧 4 毛 5，当一盘烧茄子端在你的面前，你会看到那热气腾腾的烧茄子上还冒着小气泡，真是香气四溢，好吃极了！

我的三哥比我大 2 岁，参加工作也较早，每当他开支后，就会带我去南来顺解馋。记得 20 世纪 70 年代初的一天，他带我去南来顺吃饭，当时他点了三个菜，一盘糖醋黄鱼（1 块 2），一盘肉烧茄子（4 毛 5），一盘锅塌羊肉（5 毛 6），还要了两碗米饭，一个甩果汤（1 毛 5），那顿饭吃得真好呀！糖醋黄鱼足有一斤多重，甜中带酸，酸中有香，外焦里嫩，鲜美无比。烧茄子和锅塌羊肉也做得相当的好，再喝上一口甩果汤（西红柿鸡蛋汤），真是美极了，这一顿花去了三哥 2 块多钱。

那儿的清真菜做得相当地道，如扒肉条、它似蜜、炮羊肉、炮两样、锅塌肉片、锅塌豆腐、焦熘肉片等做得非常好，有着回民的特色味，有着老北京的味儿。

那儿还是一个休闲的好去处。好喝两口的人，您就去吧，在饭堂的东南角，有一溜儿玻璃柜台，里面有下酒的小菜，素的有五香豆腐丝、豆腐干、豆腐片、五香花生米、五香大芸豆、拌腐竹等，价格都不贵，也就是一两毛钱一小盘。肉菜相对贵一些，如酱牛肉、酱羊肉、酱羊肝、炸鱼块、烧鸡块等，价位都在四五毛之间。在那里有各种白酒，卖成瓶的，也卖散酒，买一两二两都可以。当然价格也不同，好酒当然贵一些，而普通酒，比如北京二锅头一两 1 毛 3 就蛮不错。啤酒论碗，一碗 1 毛钱。也论升，一升三四毛钱，都不贵。好喝两口的人，您来了，保证让您满意。

那儿有时也有便宜的特价菜，有一回我就赶上了。一天傍晚，三哥让我去南来顺买两个菜，带回家来吃，我到了南来顺后，发现柜台里有几个小碗，都装得满满的，红亮亮的非常诱人。我一问，服务员说这是红烧鱼子，再一问，才 1 毛钱一碗，我拿出大饭盒，当即买了两碗。回家后家里都觉得好吃，特香，可像这样的便宜菜不是经常能买到。

南来顺正餐店给您说完了，而南来顺小吃店在咱北京也是大大的有名。这小吃店比正餐店大得多，宽敞明亮。在那里聚集了老北京的特色清真小吃，甜食有切糕、炸糕、艾窝窝、驴打滚、豌豆黄、栗子羹、豆馅烧饼、蜜麻花（又叫糖耳朵）等，咸味的有豆腐脑、炸油饼、烧饼、火烧、螺丝转等，对了，还有那的炒饼也是一大特色，分肉的和素的，都不贵，那味道堪称一绝，一进门就能闻到炒饼的香味。还有那时的肉饼也相当的棒，1 两粮票，2 毛钱一张，那真是里外冒油，好吃极了，真香！

不说了，再说馋虫就爬出来了。

菜百与菜市场

菜市口商业繁华，可称得上是一个购物的好场所，著名的菜市口百货商场就坐落在丁字街的东北角。现在大家都知道，菜百的黄金首饰最著名，而在我儿时眼中的菜百则另是一番景色。

那时菜百在丁字街东北角，从北向东稍拐弯，占地挺大，里面的商品琳琅满目、应有尽有，如各种各样的烟酒副食、糖果罐头、服装鞋帽、各种布匹、床上用品、毛线毛衣、围脖、袜子、日用百货、家用电器，至于有没有黄金首饰我还真不清楚。当时菜百临街拐角处的大玻璃橱窗相当的抢眼，那里的商品造型相当的美。据说被评为北京各大商场橱窗设计一等奖，您瞧多棒！

我在那里曾经买过一双牛皮的棉皮鞋（又称校官靴），花了 25 元钱。那鞋又结实又美观，我穿了足足有 20 年，您别不信，这是真事。我还在那买过一条毛线的大围脖，浅驼色，就像《红灯记》中李玉和围的那种，花了 8 块钱，那是 1972 年买的，到现在我还保留着。

我还在那儿买过皮手套，冬天戴的栽绒的皮帽子，不过是假皮（人造革），才 2 块多钱，皮帽子 4 块 5，如果是真皮的得十几块，买不起。就是这人造革的，在当时也相当的时髦，是青年人追求的物质，如果谁有在当时真够牛的！

菜百就给您说到这儿。

再给您说说菜市口菜市场，它位于菜市口西边（广安门内大街）的路北。这是一家综合性的菜市场，宽敞明亮，主要的商品有各种时令蔬菜、油盐酱醋、各种调味品、烟酒糖果、鸡鸭肉蛋、水产品等一应俱全。那时的价位都很便宜，就拿带鱼来说吧，它分几个等级，按市斤说：三等的1毛8，二等的2毛5，一等的3毛8，这一等带鱼就相当的好了，特等带鱼5毛4，这种带鱼有成人的一巴掌宽，一巴掌厚，长度有1米多长。那时的带鱼绝对是野生的，再大的鱼做出来也非常香（绝对没有多余的小骨头）。可当时5毛4分钱的价位，对大多数人来说还是贵，一般的都吃2毛5的，如果能吃上3毛8的就非常知足了。

有一次我去那儿买鱼，发现柜台的大案板上摆着十几块像豆腐一样的东西，就问售货员：这是什么？售货员说：这是鱼肉块，绝对没有刺。我又问：这得多大的鱼呀？他说：这是一种海鱼（名字他告诉了我，我忘了）。你看看，他用手指了指旁边刚剁开的半截鱼。我一看，这条大鱼我还头一次见，有2米多长，有小水桶那么粗，青黑的身体没有鳞，样子像鲨鱼，又像鲅鱼。我又问：这鱼肉怎么吃？他说：可以包饺子，也可以做鱼肉丸子，都行。于是我就买了一块鱼肉，有一斤半左右，花了5毛2分钱，又到蔬菜柜台买了一斤韭菜，回家包了一顿鱼肉馅饺子，别说，还真好吃。

那时的菜市口购物场所除了我上述说的，还有许多北京老字号，如黑猴百货店、正兴德茶庄、西鹤年堂药铺，还有丁字街西北角把角的菜市口信托商店（对面过马路就是菜百）等。

新华书店及其他

说起菜市口的文化设施，我得给您说说菜市口的新华书店，它的位置在丁字街路南往西，店面挺大，里面的书应有尽有，别的不说，就说我爱去的柜台，一是文艺书类柜台，这里有古今中外的名著，也有现代小说。我是一个爱看书的人，据我回忆，在那里买的书就有好几本（套），有四大名著、三言二拍，有《烈火金钢》《林海雪原》《红岩》等。那时的书相当便宜，如《西游记》一套上、中、下三本才3块2毛钱，一本《林海雪原》1块2毛钱。

我最喜欢的还是小人书的柜台，在20世纪50年代末60年代初，北京的小人书真叫多，那时的小人书很便宜，薄一点儿的几分钱一本，厚一点儿的1毛多钱，最贵的也就2毛多钱，我爱画画儿，于是就千方百计地攒钱买小人书，经过不懈的努力，我先后买了《岳飞传》15本，《西汉演义》20本，还有一些杂七杂八的书，一共有四五十本，就是那些小人书给我的童年带来了无限的乐趣。

出了新华书店往东走不远就是人民照相馆，这也算是一家老字号，相照得特别棒，我小学的毕业照就是在那儿照的（我的同学都去那照相）。姜昆和李文华说过一个相声《如此照相》，挺有意思，那种现象我就在人民照相馆经历过。1968年，我回北京探亲，就在人民照相馆照了一张相片，那年我18岁，进门之后先念“最高指示”，然后才交钱照相，我年轻的时候也是“帅哥”，那相片是黑白的二寸相，我身穿战士服，手拿“红宝书”，照出来之后，别说，还真精神。这张相片我至今还保留着。

说起文化设施不能不说说菜市口电影院。菜市口丁字街路南有一条胡同叫“丞相胡同”，胡同的西面把角是南来顺饭庄，胡同东面的把角就是这家电影院，在20世纪50年代末60年代初，那时电影真叫火，新电影一部挨着一部，给广大市民带来了无限的欢乐，电影票也相当便宜，儿童票1毛，成人票2毛5、3毛，我在那儿看过的电影有《冰山上的来客》《烈火中永生》《林海雪原》《马兰花》《甲午风云》《小兵张嘎》等，多了去了。

为了买电影票我还受过伤，当时上映了一部新片《51号兵站》，三哥让我去买两张票，他出钱，那天早上8点开始卖票，因为去得早，我还真挤到了前面，可是蜂拥的买票人一下子把门挤破了，一块玻璃撞在我的鼻子上，当时血就下来了，结果那天票没买成，还受了伤，真够倒霉的，那年我才12岁呀！

再有一个文化设施那就是菜市口文化用品商店了。它就在电影院东面，紧挨着电影院。这里主要经营各种纸张，各种笔类，如钢笔、铅笔、圆珠笔、毛笔，各种颜色，如油画颜色、国画颜色、水粉、水彩等。各种本子和相册、乐器、体育用品、照相器材等。我因为喜欢画画儿，经常到这儿买图画纸和颜色。对了，我还在那里买过一把京胡，是北京乐器厂生产的，花了1块2，还买过一支笛子，花了2毛钱。

以上我所说的这些，全凭着儿时的记忆，也许有的地方说的不准确或者有说的不对的地方，请大家谅解。

现如今菜市口容貌大变，丁字街变成了贯穿南北的大通道，四周盖起了高楼大厦，旧景已经不存在，那些个商店和老字号也不知搬到了何处，而我以上说的那些也许能勾起您的一些怀旧之情，但只能是留在记忆的长河里，随波逐流……

我家用过的老物件

我在牛街一条普通的小胡同的大杂院里长大，因此对于咱北京人日常生活中的老物件还能记忆如新。我给您说几件，也许会勾起您一丝怀旧之情。

其一　大木盆与搓板

在我的记忆中，我家的大木盆很大，是用约两厘米厚的木板条箍起来的，它的直径有 67 厘米，高有 20 厘米左右，整个造型有点儿斜，也就是说口大一点儿，底小一点儿，底也是木头的。它的用途主要有两点：第一，就是用来洗衣服，尤其是洗床单、被里、被面等大件特别痛快。第二，就是用来洗澡。记得我儿时，在夏天，疯玩了一天，出了一身臭汗，老妈就搬出大木盆，让我脱光了坐在大木盆里，在木盆的跟前还放一个洗脸盆，里面有对好的温水（不冷不热），先是给我洗头和脸，然后洗身上，总之，最后脸盆里的水都会转移到大木盆里，最后洗完脚，这澡就算洗完了。

这大木盆除了洗衣服和洗澡还能干别的吗？当然能。记得小时候听了一个相声《钓鱼》，里面的几句台词我还记得："二个他妈妈，把大木盆拿出来哎，好家伙，今天我可赶上这一拨儿了！" 您瞧，这大木盆敢情还能盛鱼。

至于搓板，我们那儿都叫它浅板，其实它的大名叫洗衣板。它是木制的长方形，长大约有 50 厘米，宽有 20 厘米左右，厚约 2 厘米。它的上面有凸凹形的槽儿，横着排列很整齐。洗衣物时，把搓板一头放在大木盆里，因为洗衣物时都坐小板凳，另外一头顶在肚子上，这样就能发挥搓板的威力，利用凸凹的槽儿，打上胰子（肥皂）就开搓，一会儿就把衣服洗干净了。

说到它的威力，还有一种特别的，那就是给"气管炎"预备的，那搓板上净是棱子，跪在上面的滋味您说能好受吗？光听说有跪搓板的，可自己一次也没亲眼见过。

搓板用了一年半载后上面的棱子就渐渐地磨平了，那时在北京的小胡同里经常听见那些走街串巷的手艺人吆喝：“修理——搓板儿——”您只要把旧的搓板拿出去，花1毛5分钱，修搓板的人就用他们特别的工具，在搓板上重新剔槽儿，一会儿的工夫，搓板就变得像新的一样，您就用去吧，保证特好使。

其二　针线笸箩与袜板

老百姓居家过日子，针线笸箩是必备之物，差不多家家都有。这笸箩的形状类似洗脸盆，但是比脸盆小，也浅一些，也不是铁的，是用柳条或篾条编成的。

像我家的针线笸箩里就有许多东西，其中有线板（木制、两边有凹槽，上面通常绕着三四种棉线，有白线、黑线、蓝线等）、顶针（金属制成，通常是铁的，好的有铜的、银的，它类似戒指，但比戒指宽好多，上面全是小凹坑，缝衣物时戴在手指上，专门用来顶针的）、小剪子（专门用来剪线头用的），另外还有碎布头、烂布块、纽扣等杂物，最显眼的还有一个袜板、这袜板是专门用来补袜子的。袜板是木制的，形状像鞋一样，前后都有木块撑着，从头到尾上面有一个横梁加固，用时把破袜子洗干净，晒干，然后套在袜板上，就可以补了，非常实用。

过去的岁月，生活比较困难，一件衣服穿了又穿，袜子补了又补，那时常说：新三年，旧三年，缝缝补补又三年。一件衣服穿十几年根本就不新鲜，所以艰苦朴素也成了我家的家风之一。在老妈的影响下，我学会了钉扣子、缝口子、补袜子，不瞒您说，我的手艺还不错呢！

其三　烙铁

烙铁在过去是用来烙衣服的，它有好几种，像我家的烙铁属于最笨的那种，它是铁制的，就像一个大铁疙瘩，挺沉。它大约有一个成年人的巴掌大，有两厘米厚，平底。前面是尖的，后面是平的，上面还有一个粗铁把。

那时的人（尤其是年轻人）也都好美，虽然生活艰苦点儿，可也挡不住爱美之心，稍好一点儿的裤子洗干净后，用烙铁熨一下，熨出裤线，穿在身上真是好看。难怪有人说：“你的裤线能削萝卜，真棒！”您想，谁听到这话心里不高兴呀！

有一次我目睹了我三姐熨裤子的全过程，那天她把裤子洗净晾干后把桌子擦干净，上面又铺了几张旧报纸，然后把裤子接裤线叠好，放在桌上，她拿出烙铁先是把底下的平面擦干净，然后放在火上（煤球炉子）烧热，然后用一块厚布垫在把儿上（因为铁传热快，所以把儿上挺烫），拿起来后，先用手指弹几滴水在上面，试试烙铁的热度，然后嘴里含一口水，噗的一声，均匀地喷在裤子上，再把一条干净的湿毛巾铺在裤子上，用烙铁熨几下试试，合适了，就拿起毛巾。然后就开始熨，熨完这面，翻过来熨那面，一会儿的工夫，裤子就熨好了，拿起来抖一抖，看一看，脸上露出了满意的笑容。

跟您说的这几件老物件，已经逐渐消失了，谁家如果还有也成了“文物”了。现在的年轻人别说没见过，恐怕听都没听过，它只是一个时间段的产物，永远留在记忆的长河里。

说说正兴德茶庄

咱们老百姓居家过日子离不开那句老话，那就是开门七件事：柴、米、油、盐、酱、醋、茶。

别看茶排在最后一位，它可是咱老百姓日常生活中不可缺少的重要物质。

北京人有喝早茶的习惯，我们牛街的回民更是如此，那么他们喜欢喝什么茶呢？我敢肯定地说，那就是茉莉花茶。

在二十世纪五六十年代，每天早晨，尤其是夏天，大杂院又热闹起来，人们又开始了一天忙碌的生活，该上班的上班，该上学的上学。那时人们都习惯把小炕桌搬到院子里，坐在小板凳上，开始吃早点，有吃烧饼油饼的，有吃窝头咸菜的。但他们都有一个共同的特点，那就是喝茶，煤球炉子上做着水汆儿，或用茶壶，或用大把缸子，沏上茶，那茉莉花茶的香味充满了整个大杂院……

那时候，老妈喝茶都是从牛街走到菜市口，到老字号正兴德茶庄去买茶叶。

说起正兴德，那是咱北京一家老字号茶庄，创办于1738年（清乾隆三年），至今已有270余年的历史，初期名为正兴号茶庄，1857年（清咸丰七年）改名为正兴德茶庄。因其创始人系回族，信奉伊斯兰教，故正兴德为清真茶庄。

1898年（清光绪二十四年），北京正兴德茶庄在邻近回民聚集区牛街往东不远的菜市口开业，因其具有清真标志，深受回族群众欢迎，生意非常兴隆，且成为百年多来北京独一无二的清真老字号茶庄，深受广大消费者的青睐。

那时的菜市口是一个丁字街，在当时可称得上是一个繁华的地方，而正兴德就在丁字街的西边路北。因为那是一家清真茶庄（牛街大部分居民都到那里去买茶叶），像我们家通常只买4毛钱一两的，喝起来挺香。我经常和老妈一起去买茶叶，记得我12岁那年，马上就要过春节了，北京城下了一场大雪，那雪下得足有半尺厚，老妈和我一起冒着大雪从牛街走到菜市口到正兴德去买茶叶，一进茶叶铺就闻到那茉莉花茶的香味，那香味一直留在我的记忆里。几十年以来，我每次进茶叶铺去买茶叶，都会勾起童年的记忆。那天老妈破例，竟买了8毛钱一两的，买了半斤，说是快过年了，买点好的，好招待客人。

那时卖茶叶不用塑料袋，都是用纸，手工包装，售货员可以按顾客的要求来包，比如买四两，二两一包，两包。买一斤，半斤一包，两包。当然，也有买一包的。售货员包包的手法真是一绝，那包包得方方正正，显得特别瓷实。然后把两包摞在一起，用纸绳反复交叉一捆，上面还有一个提梁，顾客用手指头一勾就能提溜走。那个茶叶包在当时真可谓是一种时尚，逢年过节走亲戚，到了亲朋好友家，把茶叶包往桌上一放，那茶叶包雪白的包装纸，上面印着红色的字和图案，显得又大气又古朴。那情景也可称为老北京的一景啊！北京人好客，只要是客人一进门，主人就会沏上一杯喷香的茉莉花茶，送到客人的面前，在浓郁的茶香中，就天南地北地神侃起来……

光阴似箭，日月如梭，匆匆几十年过去了，几经辗转，我现在住在昌平，去年的春节，三哥从牛街到昌平来看我，给我带来的礼物就是正兴德的茉莉花茶，当时我的心里很高兴，这茶叶让我想起了老妈，想起了正兴德，想起了那漫天的大雪……

我喜欢茉莉花茶，也难忘正兴德。它的茶香飘在我童年的记忆里，飘在那和蔼亲切的大杂院里，飘在那古朴的小胡同里。随着时间的推移，我的感觉它仍然在飘，它的香气飘在京城的大街小巷，飘在千家万户，飘在那浓浓的真情中……

广安门电影院与白广路商场

说起小时候的话题，真可以说是我的黄金时代，无忧无虑，一天到晚除了上学就是玩。当然，力所能及的家务活也没少干。可是我们那时的业余生活是非常丰富的，除了各种有趣的游戏之外，看电影也是我们的喜爱。

那时候的电影主要是黑白片，彩色片也有，但是很少。那时的电影票也相当便宜，成人票 2 毛 5、3 毛，儿童票才 1 毛。

说起看电影，就离不开电影院，今儿个我就跟您聊一聊广安门电影院。那时我们家住在牛街的吴家桥四条，离广安门电影院很近，广安门电影院在白广路，从我家出来，斜着穿过几条小胡同，再顺着枣林斜街往南一拐弯就到了。也可能那时我年龄小，觉得广安门电影院很大，电影院分两部分，第一部分是临街的大门，其实也没有门，只是一个挺宽的入口，入口的两旁有宣传栏，是一个个的大橱窗，橱窗里展示着所放映电影的介绍。进了入口是一个长形的水泥空场。因为白广路是一条南北走向的街，而电影院是坐东朝西，空场儿的北面有一排平房，是售票的窗口，窗口的上方挂着一排小玻璃牌，上面写着今天所放电影的名称、时间、票价。还预购明天的票。电影院的主体很大，高台阶大玻璃门，门的左侧有一幅大宣传画，门的右侧是一个带框的大表格，上面写着一个月所上映的电影名称和时间。门的上方横着有四幅大宣传画，那画儿画得太棒了，都是即将放映和正在放映的电影海报宣传画，非常抢眼。上了台阶进了门，才算进了电影院，进时要验票，进去之后有一个厅，作为观众候场时休息的地方。这个厅给我的印象挺深刻，为什么呢？因为在 20 世纪 60 年代初，电影界推出了 22 位电影明星，他们的大幅相片就挂在厅上方的墙上。因为我喜欢画画儿，尤其喜欢画电影明星，也算是当时的追星族吧！我简单地给您背上几位您听听，男的有王心刚、于洋、赵丹、谢添、张平、崔嵬、陈强等，女的有王晓棠、王丹凤、秦怡、田华、祝希娟、谢芳等。

说完了厅，等到铃声一响，告知观众电影即将开演，观众才从厅的两旁进入放映场，按票上的座位号，找到自己的座位，就等着欣赏电影了。

在我小学到初中阶段，在那儿看的电影真是不少，如《雷锋》《钢铁战士》《烈火中永生》《野火春风斗古城》《林海雪原》《自有后来人》《51号兵站》《突破乌江》《金沙江畔》等，反正多了，在这个阶段看电影的过程中，还发生了很多有趣的事儿。

记得那是1962年的一天，我上小学四年级，上演了一部新片，彩色戏曲片《孙悟空三打白骨精》，当时这部电影特别火，根本买不上票，而且没有儿童票，都是成人票，3毛钱一张。我经过多方的努力，终于攒够了3毛钱。买不上票怎么办？就去等退票。记得那天我在广安门电影院连等了两场都没等上，因为只要有人退票，马上就会围上一大帮人，我是小孩儿根本抢不上。在等第三场的时候，天已经黑了，而且电影也快开演了，我怀着沮丧的心情正准备回家，这时从电影院里走出一个成年人，手里拿着一张票准备退，在他身边马上围上一大帮人，纷纷说："给我。"只见那个人说："我谁也不给。"说着走到我面前对我说，"我看你等了半天了，这张票就让给你吧！走，跟我一起去看电影。"说着就和我一同走进了电影院，刚找好座位坐下，电影就开演了，我非常感谢那位叔叔，连声称谢。他微笑着说："不用，不用，快看电影吧。"那天我真遇上了好心人，也如愿以偿地看了一场《孙悟空三打白骨精》。

说完了广安门电影院，再跟您说说白广路老百货商场。这个商场打我记事儿的时候就有，它就在广安门电影院的对面，中间只隔着一条不宽的马路，在二十世纪五六十年代，它和北京各大商场一样，经营的商品非常齐全，都是老百姓所需的商品。商场不小，经营的商品有日用百货、服装鞋帽、各样布匹、搪瓷制品（暖壶、脸盆、大小把缸子、痰盂等）、大小钟表（闹钟、手表等）、烟酒副食、糕点糖果、文化用品等。

为什么要说它呢？一来是怀旧，因为我小时候很多的东西都是在那里买的。二来它跟看电影有关系。有一次电影院放映一部儿童神话片《马兰花》，非常好看，虽然只需1毛钱，可是没有钱呀，那时的1毛钱能办好多事，如能吃两顿炸酱面。没有钱怎么办？于是就到商场里闲转，紧盯着地上，结果还真让我在一处两个柜台之间的缝隙捡到了一个脏兮兮的纸卷，拿起来打开一看，正是1毛钱，我心里真是高兴极了，那天，我也如愿以偿地看了一场《马兰花》。不过，这样的好运气不会总是碰上的。

广安门电影院和白广路商场我就给您说完了，您觉得有点意思吧！顺便加一句，在我的记忆中，广安门电影院在二十世纪七八十年代曾改名为白广路电影院。可能是作为老字号影院，后来又恢复了原来的名字广安门电影院。

光阴似箭，日月如梭，转眼 50 多年过去了，每当我想起广安门电影院和白广路老百货商场，还是那么的亲切，那么的温馨，那么的令人难忘……

说说北京的国营煤铺

过去我们常说，老百姓居家过日子，开门七件事：柴米油盐酱醋茶。柴排在首位，柴就是燃料，过去老百姓过日子用柴做饭、取暖，随着时间的推移和社会的进步，逐渐改用煤。我就跟您聊一聊北京的煤铺。我说的煤铺不是过去老北京的个体煤铺，而是二十世纪六七十年代的国营煤铺。

过去有一句经典台词："穷人的孩子早当家。"从我记事开始，就在家里干些力所能及的家务劳动，什么到小铺打酱油、买东西啦，什么搓炉灰、倒脏土啦，这些都不在话下，而"叫煤"自然也是我的事儿。

什么是"叫煤"？那我得先说说咱老北京人的做饭用具，像我们家的大杂院里，住着七八户人家，家家都得每天做饭，您瞧，民以食为天嘛！不做哪行！那做饭就不能不说说过去的老物件儿。就拿我们家的煤球炉子来说吧，它是铁制的，炉身下有三条铁腿，炉身上有一块方形的炉盘，中间就是一个圆形的火口，火口下面就是炉膛。所以，老妈每天起床之后第一件事就是生火，先用一张废报纸点燃后放入火眼里，再放入劈柴，等劈柴着旺之后，再倒入煤球，这时就开始冒烟了，赶紧放上拔火罐，烟就从拔火罐上的上口突突地往外冒，不一会儿，等烟没了，拿掉拔火罐，炉子里的煤球也烧着了，呼呼地冒火苗，就可以烧水做饭了。此外，煤球炉子旁还有其他的物件，如火筷子，这种筷子不是吃饭用的，它只是一根铁棍，有40厘米左右长，头上有尖，有筷子那么粗，所以叫火筷子。它是用来捅火、搂火用的。还有火盖，它的形状像一个小草帽，但它是用生铁铸成的，比炉子上的火口大，直径有十二三厘米，凸起的顶部有一个像用筷子扎通的眼儿，它是用来封火、盖火用的。

还说"叫煤"吧。在20世纪50年代末到60年代初，我正在上小学，有时就听到老妈喊："小四，上煤铺叫50斤煤球。快去！"这时，不管我在干什么，就得遵照老妈的命令去煤铺叫煤。

这个煤铺就是国营的煤铺，它的位置在枣林斜街的中段路南，像我们家那一片的居民都在那里买煤，它离我们家很近。我们家住在吴家桥四条，出了我们家往南一拐，经过西马坟地（地名），再穿过一条小胡同就到了煤铺。说是煤铺，其实应该叫煤厂，有一个大门，进去之后到办公室开完票交完钱就行了。这里主要经营煤球和劈柴，这个煤场占地挺大，好像地上的土都是黑色的。里面也有不少的职工，像劈劈柴的工人，在我的印象中都是女同志，有趣的是，她们10多个人围成一个大圆圈，都坐在小板凳上，把手中大块的木头劈成10厘米左右长的劈柴，然后都往中间扔，等一段时间，中间的劈柴越来越多，就有人把它推走，然后再接着劈。煤场的另一边，做煤球的也很热闹，这个煤球不是像过去手工摇的，而是机械制造，进入煤场就能听到机器的轰鸣声，工人们把和好的煤泥（用煤末和黏土和成）铲进机器上方的“大嘴”里，嘴下有两个大圆盘，上面都是半凹圆形，当机器转运之后，煤就顺口而下，两个转动的圆盘一挤压，压好的煤球就从下面流下来。那些煤球都比乒乓球稍大一点儿，光亮整齐，比手摇的煤球好看多了。就是这个煤铺里的煤球和劈柴我们家就用了很多年，我也进去过很多次，所以挺熟悉。直到20世纪70年代开始才有所变化。

还有一种“叫煤”的方法很简单，就是当送煤工人蹬着三轮车给别人家送煤时，你就跟他说，我们家是哪条胡同、几号、姓什么、叫什么，他就用铅笔在小本上记下，再说出煤的数量，第二天就会把煤送到家里，然后再给钱就行了。再以后送蜂窝煤也是如此。

20世纪70年代后，北京人烧煤逐渐改成了烧蜂窝煤了，这蜂窝球比煤球先进了不少，比如它不用每天生火了，可以封火了，不让炉子灭，这样就省事多了。那煤厂里的劈柴就很少有人用了。如果要生炉了，就用炭来生，这炭和蜂窝煤样子一样，只是略薄一些，而且是用木材的锯末制成的，用一张报纸就可点燃，所以挺方便。像这种蜂窝煤炉子我家就用了二三十年，直到新千年之后才有所改变。

新千年之后，我搬到了昌平，住进了楼房，就置办了煤气罐和燃气灶，用起来就比烧蜂窝煤省事多了，也干净多了。

随着科技的发展，做饭问题得到了很大的改观，不再单一地使用炉子了，什么电饭煲、电饼铛、微波炉、电烤箱等家用电器用起来非常方便，而在2012年，我家又接通了燃气管道，而煤气罐也随之淘汰。这样就更方便了，随使随用，真好！

现如今老北京的煤铺和煤厂逐渐地淡出了人们的视线，但它在人们生活的轨道上毕竟发挥了它应有的作用，并留下了一段难以忘怀的话题……

说说老北京的火炉子

常言说得好："冷在三九，热在三伏。"

老人们常说："腊七腊八，冻死寒鸦。腊八腊九，冻死小狗。腊九腊十，冻死小人儿。"

您听听，北京的冬天，尤其是寒冬腊月，那天儿真够冷的。

人真是越老越怀旧，我就跟您聊聊小时候冬天里的火炉子，如果您也是北京老人儿，肯定会有同感。

老北京的火炉子，也叫煤球炉子，是铁制品。这火炉子除了一年四季做饭烧水之外，冬天还有取暖的作用。这炉子也就有 60 厘米左右高，炉身是圆柱形，像一个洋铁桶，底下有三条腿，上面有个方形的约 40 厘米的炉盘，炉盘的中间有一个直径 10 来厘米的火口，炉盘两边还各有一个提梁，是搬炉子用的。除了炉子之外，还有许多附带的物件，如火盖（像一个小型的铁草帽，上面有一个小眼，是封火用的）、火筷子（捅火、搂火用的）、炉瓦（三块，做饭时支锅用的）、拔火罐（拢火时用的）。您别小看这些物件，家家都必备。

老北京人每天早晨起来，第一项任务就是拢火，也叫生炉子。生炉子时，先在炉膛底下垫上一层乏煤（烧过的煤球儿），然后点燃一张旧报纸或刨花，待着后放细劈柴，细劈柴着后放几根儿粗劈柴，待粗劈柴着旺后，再把煤球儿倒进去，然后放上拔火罐，浓烟就会从罐口突突地冒出来，等浓烟没了，拿掉拔火罐。这时从炉口里吐出亮旺的火苗，您就可以烧水、做饭了。

这火炉子随着时间的推移也在进步，比如在 20 世纪 50 年代初，牛街就有好几户私人煤铺，所以家家烧的煤球都是手工摇的。到了 50 年代末就有了国营煤铺，烧的煤球也变成了机械制成。

到了 20 世纪 70 年代，蜂窝煤炉子代替了煤球炉子，这种炉子比煤球炉子略小，也就 50 厘米左右高，炉盘也小得多。因为它是生铁铸成，挺沉。但它制作得比较科学，炉盘上有三道火圈，能做饭，能烧火，能根据锅的大小调节。上下都有活动的火门，炉上还有专门安烟囱的口，能安烟囱。这种炉子干净多了，也省事多了，可以封火，几个小时不灭，等下一次做饭时打开就用，您看多好。

先前提到取暖问题，烧煤球炉子那阵儿，不管那时北京冬天多冷，火炉子白天能放在屋里，可到了晚上睡觉时必须搬出去，以防煤气中毒。我家界壁儿（旁边）的邻居刘婶差点让煤气熏着，幸亏发现及时，才没出事，您说多悬！冷怎么办？没别的辙，只能把所有的衣服都盖在被窝上来增加厚度。我家的院街坊黄二婶，晚上睡觉时，全家睡在炕上，被窝上不单压上衣服，还把炕桌子、案板压上去，说是压沉重了，就不冷了，您说多逗！后来有了蜂窝煤炉子，冬天能把火炉子放在屋子里，安好烟筒，屋里就暖和多了，也安全多了，那也得安风斗。就是这蜂窝煤炉子一用就是几十年。

到了 20 世纪 90 年代末期，我搬到了昌平，住上了新楼房，再也不用烧炉子了，做饭用燃气灶，还有一应电器，如电饭锅、电磁炉、电饼铛、微波炉、电水壶等。取暖是暖气，又干净又暖和，别提多好了！

现如今，火炉子早已淡出了人们的视线，但它记载着北京人的一段往事。如果谁家还有，那可算得上是“文物”了，也许还能引起某个收藏家的注意呢！

说几件老北京夏天常见的老物件

我是一个老北京人，这不，夏天又到了，想起儿时那些发生在那里的趣事，还有那时用过的老物件，真有说不完的话题。

先跟您说说炕桌子和小板凳。

炕桌子，顾名思义，它不大，桌面是长方形，大约只有50厘米宽、60厘米长，高也就大约30厘米。通常是放在炕上的，可是到了夏天它就被“请”到了地上。您想呀，牛街的大杂院的房又矮又小，天儿又这么热，所以家家都把炕桌子放在院里，吃饭、喝茶都用它。在我的记忆中，从小学一年级开始我就用它写作业、画画儿。它伴随着我走过那金色的童年，真是我的好伴侣。

至于小板凳，在北京百姓家是不可缺少的物件儿之一，家家都有好几个。这些小板凳通常不是买的，大部分都是自己做的，手艺好的做得精致一些，手艺差的找些废木板、木块，钉巴钉巴就是一个。所以各家的板凳都不一样，有好有差，不管怎么说，它很实用就齐了。

再跟您说说大芭蕉扇和大把儿缸子。

常言说：冷在三九，热在三伏。这话一点儿都不假，因为北京的夏天那叫一个热。那时甭说空调了，连电风扇也没有。所以家家都要有大芭蕉扇。这大芭蕉扇既经济又实惠，才1毛5一把。整个夏天要靠它来度过，找个阴凉地儿，您就可劲地扇吧！大把儿缸子是什么？把儿缸子也叫茶缸子，那时把儿缸子分为许多型号，大、中、小号都有，大把儿缸子就是大号的把儿缸子，铁的，里外是搪瓷包着，白白的、亮亮的，上面还有好看的画（图案），带盖。夏天甭管天儿多热，牛街的老人都喜欢喝口热茶。那大把儿缸子就发挥了它的作用，走到哪儿端到哪儿，非常方便和实用。

到了晚上您就瞧吧，胡同里竟是三个一群五个一伙的乘凉人，老爷们都光着膀子，坐在小板凳上，手摇着大芭蕉扇，喝着大把儿缸子的香茶，山南海北地侃大山，真是其乐融融。现在想起来，那情景真像一幅老北京风土人情的图画啊！

最后再跟您说说童车。

这童车是用竹子做的，它不大，造型像一艘船，而底下却有四个小胶皮轱辘，上面还有供推动的把儿。它做得相当科学，它的框架和结构都是用竹板制成，竹板干净、厚实，因此它经久耐用，十几年都不坏，像我们家的那辆小童车就看大了好几个孩子。新买来的上面还刷了清漆。在我的印象中，它约有60厘米高，长约1米，宽有40多厘米。它分为上、中、下三层，中间的一层用三块活动的板组成，板上都绷着人造革，里面垫的是海绵之类的东西，挺软和。这适合婴儿睡觉。如果把中间的板拿出来放在上面一格，就变成了双人座，婴儿可坐着吃东西和玩耍。下面一层是实木制成，随着婴儿的长大，婴儿的小手扒着竹车的横梁，可练习站立和慢慢行走。如果婴儿再长大一些，可把车头的挡头放下来，放平，睡着就不受影响了，您瞧，这童车做得多好！

那时，老北京的街上、胡同里、庭院中，您会经常看到这种竹童车，或是年轻的父母推着宝宝在散步，或者奶奶在阴凉处轻轻晃着童车，伴随着那阵阵的蝉鸣，嘴里唱着那些古老的歌谣，在哄孙儿睡觉，此景多美！

此上我所说的这些老物件，其实都是咱北京人最常见最实用的东西，它记载着老北京人生活的历史，弹奏着那美好的生活乐章……

说几件儿时夏天胡同里的饮品

说起咱北京，真是个好地方，不说别的，单说这气候，真可谓是春夏秋冬，四季分明。

常言说：冷在三九，热在三伏。

在咱北京还流传着这样一句话：未曾数伏先数伏。这句话的意思是说，还没到伏天呢，就开始大热了，您说热不热？

天儿一热，人们就想着怎么凉快，怎么降温，我就跟您说说小时候那些令人难忘的饮品吧！

首先要跟您说的就是冰棍儿。

冰棍儿在咱北京是最受欢迎的一种饮品。因为它物美价廉，吃起来不受限制，非常方便，撕开包装纸就能吃，又凉快又好吃，所以它深受老百姓的欢迎。

在二十世纪五六十年代，那时我还是个10来岁的孩子，除了上学，就是在胡同里疯跑疯闹。当然，帮助家里干些力所能及的家务活也是必不可少的，像买个柴（煤球）米油盐、酱油醋伍的，还都干得不错。

记得夏天热的时候，胡同里传来卖冰棍儿的吆喝声："冰棍儿败火——败火的冰棍儿——"这时，尤其是我干完家务活时，老妈会大方地掏出5分钱对我说："去买根冰棍儿吃。"我接过钱高兴地跑出院子。

我们那些淘气的孩子，把卖冰棍儿的吆喝声改成了那个样儿："冰棍儿败火——拉稀别找我——"您听多有意思！

那时的冰棍儿有两种，一种是3分钱一根的普通冰棍儿，这种冰棍儿除了有点儿甜味，剩下的就是冰疙瘩了，不怎么好吃。再一种就是5分钱一根的冰棍儿了。这种冰棍儿有3样，分别是奶油的、小豆的、红果的，吃起来就相当的好吃了。

那些走街串巷卖冰棍儿的，她们当中以中年的妇女为多，她们戴着白帽子、白套袖，围着白围裙，显得很干净、很卫生。不瞒您说，我大姐就是卖冰棍儿的。她们通常推着一辆小型车，这种小型车类似婴儿车，有四个小轱辘，车上是一个涂了白油漆的木箱子，边走边吆喝。如果谁要是买冰棍儿，她打开箱盖，里面是白棉布做的厚厚的棉被。打开棉被，从里面冒出白的凉气，看着就凉快！拿完了冰棍儿又快速地盖上，为了保凉。那时我还想，冬天天冷，人要睡觉盖被子，越厚越暖和。这冰棍儿盖上棉被，一暖和，那冰棍儿还不都得化了，您说，那时我傻不傻？

那时，还有卖冰棍儿的，把冰棍儿装在暖壶里，这种暖壶不是咱们家喝茶用的暖壶，而是一种特制的暖壶，大口，里面装冰棍儿，然后盖上盖，保凉。

这种 5 分钱一根的冰棍儿，奶油的、小豆的、红果的，给我的印象最为深刻，它们各有各的味道，它记载着胡同的味道，记载着妈妈的味道，记载着童年的味道，记载着快乐的味道。直到现在，每当想起来还是那么的熟悉，那么的温馨，那么的香甜，那么的令人难忘……

说完了 5 分钱一根的冰棍儿，不能不提一下另外一种冰棍儿，它更棒，更好吃，那就是新型冰棍儿——雪糕。这种雪糕是在 20 世纪 70 年代开始有的，卖冰棍儿的吆喝也有所改进："奶油雪糕——1 毛一根——"这种雪糕是纯奶制成，吃在嘴里又香又甜，又润又滑，细腻温柔，真是"味道好极了"。可惜的是这 1 毛一根的冰棍儿对普通老百姓来说是一种奢侈品了，您别忘了，那时 5 分钱就能吃一顿炸酱面。所以，这种雪糕我在儿时也就吃过有数的几次。

说完了冰棍儿，再跟您说说汽水。

在我儿时的记忆中，汽水是北冰洋牌的，瓶子不大，上面贴着一个商标，画的是一只大白熊，还有北冰洋的美术字，一瓶的价格是 1 毛 5 分。这种汽水当时对我来说也是可望而不可即的。同样，对北京的小孩儿来说，也是如此。夏天即使再热，也挡不住我们这帮疯闹的孩子。那渴了怎么办？那时公共的自来水管子就在胡同里，渴了，对着水管子一通狂饮，直到喝足了为止。所以汽水我在儿时也只是喝过有数的几次。再说了，那么一小瓶汽水要 1 毛 5，觉得贵，不如花 1 毛 4 到聚宝源（牛街清真牛羊肉部）买 2 两肉、吃顿炸酱面来得实惠，您说是不是？还有一件有关汽水的事，顺便也跟您念叨念叨。

记得 20 世纪 70 年代某年夏天 7 月里的一天，那时我已经是一个年轻人了。我和同院的一个小伙伴去前门买东西，走到前门楼子拐弯的马路旁，这里热闹非凡，人流涌动，摩肩接踵，熙熙攘攘。路边除了行人还有许多的小商位，卖各样小食品和小商品，其中就有卖汽水的。

两个姑娘不知是哪个国营商店的，戴着白帽子，围着白围裙，忙着卖汽水，在她们的前面是一辆平板三轮车，上面铺着蓝布，布上有两个大容器，里面放着两大块方形的人造冰，冰上有槽，槽上放着一瓶瓶的北冰洋汽水，一个姑娘一边不停地用手转动着汽水，一边大声吆喝："喝汽水了——北冰洋汽水——1 毛 5 一瓶——"另一个姑娘忙着收钱卖汽水。您想呀，前门那地方，寸土寸金，人流量多大呀！天又这么热，卖汽水的根本供不应求。行人看到冰上的汽水，谁不想买一瓶呀！我和小伙伴也掏钱一人买了一瓶。您猜怎么着？这汽水根本就不凉！不过，不凉的汽水也能解渴，没辙，就这么着吧！

说完了汽水，再跟您说说一种解暑饮品：刨冰。

20 世纪 60 年代初期，在牛街清真副食商店，出了一种新的解暑饮品：刨冰。什么是刨冰？为什么叫刨冰？那我就跟您说一说，您见过木匠刨木头吧？就是把木头或木板刨平，"哧溜——哧溜——"地刨，刨过之后，木板光滑了，地上出现了一堆刨花。这刨冰跟刨木头原理一样，就是用一种电动刨床，把"人造冰"刨成冰碴，或者冰末。盛在一个盘子里，然后售货员又在上面放上一种类似橘汁的东西，就可以吃了。这种刨冰吃起来凉凉的，又酸又甜，非常好吃，真是一种解暑的好饮品。可惜，一盘刨冰要 1 毛 5，所以我也很少吃，只吃过几次。

北京人解暑还有一种饮料跟您说说，那就是酸梅汤。

酸梅汤一般的情况下都是自制的。就是买上一袋酸梅晶，这酸梅晶都是颗粒状，按比例用温开水化开，放在玻璃的凉壶里，或放在一个干净的容器里，晾凉之后，就可以喝了。这酸梅汤酸中带甜，又降温又开胃，在防暑降温的夏天是不错的饮品。

再跟您说说绿豆粥。

粥在北京人的生活里是最普通的一种饭食。然而绿豆粥在北京人的夏天里，起着防暑降温的作用。因为老百姓都知道绿豆能去火，能降温，夏天里喝上一大碗绿豆粥真的不错。

我们家那个大杂院住着七八户人家，住在北屋的李大婶家里有六个孩子，上班的上班，上学的上学，都有事情做。夏天里，我经常看见李大婶熬上一大钢精锅绿豆粥，熬好之后，一碗一碗的盛好，晾在院子里的小方桌上，等孩子们回家后，喝上一大碗凉凉的绿豆粥，那才解暑呢！

不瞒您说，我们家在夏天也经常熬绿豆粥。有时，老妈还在我的粥里放上一点白糖，那粥喝起来凉凉的、香香的、甜甜的，别提多好喝了！

以上所说夏天的几种饮品，只是凭着儿时的记忆。其实在北京，具体来说在牛街，最好的饮品就是茉莉花茶了。在牛街居住的回族人，尤其是老人，不管多热的天儿，都要沏上一壶茉莉花茶，在胡同里，坐在小板凳上，手里摇着蒲扇，喝上一口香香的茶，嘿，那感觉真的很不错！

说说过去牛街北口的药店和浴池

我所说的过去，主要是指二十世纪的五六十年代。

过去的牛街北口是一个比较繁华的地方，在十字街上有着许多的买卖店铺，如副食商店、日用品杂货商店、银行、理发馆、药铺、清真大食堂、浴池等。您说，能不热闹吗？我就跟您说一说其中的药店和浴池。

鹤年堂药店

这家药店在牛街北口的广安门内大街上，如果您顺着牛街往北走，到了北口往西一拐，把角有一个理发馆，紧挨着就是这家鹤年堂药店。

这家药店有三间门脸，老式的房屋，三四层的台阶，进了门之后就能闻到那浓浓的中药味，也是老北京药铺特有的味道。在店堂的南面，有一个长条的木质柜台，柜台后是货架，货架也是木质的，上面一行行、一列列排满了小抽屉，写着各种中药名称，上面还有铜质的小拉环，黄晶晶，亮闪闪，非常好看。这个药店看上去古色古香，透着老北京特有的味儿。

这里经营的药非常全，不单有中药，还有许多的中成药和西药，以及红、紫药水，碘酒、绷带、橡皮膏等。这个药店给老百姓带来了很多的方便，有个头痛脑热的，花个俩钱，到这儿来买药，吃了就能好。这个药店也有营业时间，不过，它有一项特殊的便民服务，虽然关门下板了，只要您急需买药，就敲一敲门旁边的小隔板，小隔板一开就是一个小窗户，里面的人就问您买什么药，会快速地把药递到您的手里，就是深更半夜都是如此，因为店里总有值班的。您说，这个药店多好！

我与这个药店也产生过联系，记得20世纪60年代初，我上小学三四年级，那时小孩儿也要用钱呀，像我需要买小人书，需要看电影，虽然钱不多，也就是毛八分的，但也得有呀。可是，没钱怎么办？想辙，于是就去逮土鳖

（一种昆虫），这土鳖药店里收购，带硬壳的大土鳖二分钱一个，带翅膀的小土鳖一分钱一个。于是我就去逮土鳖，什么台阶下、砖缝里、水缸下、旮旯里，到处找，晚上拿上电把儿（手电筒）也去逮，等逮够了十多个，就去药店卖钱，别看这几毛钱，对我们小孩儿来说，起了大作用。

还有一件事儿跟您说一下，那时候生活较艰苦，全是供给制，不是写本（副食本）就是要票，要想吃块糖都不容易。怎么办？后来听同院的小伙伴说药店里有卖一种中成药，叫山楂丸，三分钱一丸，又酸又甜，很好吃，于是就用卖土鳖的钱买了一丸，吃起来还真是如此。可是那时是困难时期，有时饭都吃不饱，这山楂丸又是助消化的药，不是越吃越饿吗？那时都是孩子，哪儿懂呀，什么都想试试，您说逗不逗？

牛街浴池

老北京人过去都把浴池叫澡堂子，我说的这个浴池就在牛街北口，出了牛街北口往西一拐，过了理发馆、药店、清真大食堂，就是这个浴池。

过去在咱老北京，洗澡就比较麻烦，夏天还好说，弄一个大盆在院里就能凑合洗一洗，可是天儿凉了就得到浴池去洗了。那时工厂里的工人每月都能发点儿福利，澡票就是其中的一项，这种澡票在北京各浴池都能使用，上面的面额是2毛3，像我哥我姐都参加工作了，他们有时就给我澡票让我去洗澡。当然，用现金也行，洗一次澡2毛5。

要说牛街浴池真是热闹，这里总是人挺多。进去之后，休息厅里有几大溜床铺，每个床铺之间都有小隔板，床铺上铺着白布单，还有枕头，专供顾客休息的。您只要找到一个空床位，把衣服放在床头的柜里，就可以进浴池里去洗澡了。浴池里有两个大池子，第一个大池又分成三个小池子，小池子里有不同温度的热水，而另一个大池子里的水温比较热，有些人专门喜欢在这个池子里泡澡，泡一会儿都能把身子泡红了，看到他们舒服的样子，真是一种享受。

洗完了热水澡，出来穿上趿拉板儿（一种木底的拖鞋，上面有一个宽条带），在门口拿一条大浴巾，把身体一裹，来到自己的床铺，这时服务员会给您递上一块热腾腾的毛巾，让您擦擦头上脸上的水珠和汗滴，擦完后一躺，那真叫舒服。这里还卖茶叶，一毛钱一小包的茉莉花茶，买完茶让服务员拿一个茶壶给沏上，闷一会儿，然后倒上一杯，喝上一口，满口清香，别提多爽了！

洗完澡之后，人难免困乏，如果再眯上一小觉儿，那简直是再好不过了。

要是赶上礼拜天，浴池里透着人多，床铺早就没了，您只有脱筐了，先进去洗澡，等有的人洗完走了，才能找到床铺。

还有一件事也跟您说说，那是 1963 年 4 月里的一天，那一年我 13 岁，上小学五年级，当我洗完澡之后，躺在床铺上休息，拿出我心爱的笛子，吹了起来，还没吹两下，服务员老杨师傅跑过来对我说："这儿不能吹笛子，你没看见有不少的顾客正在睡觉吗？"我吓得一吐舌头，忙说："对不起，我不知道。"洗完赶快收起了笛子。您说，我这事儿是不是办得真不怎么样？不过，孩子嘛，这种事也难免，您说是吧！

药店和浴池都跟您说完了，如今牛街经过拆迁改造，盖起了高楼大厦，那些老字号的店铺也不知道迁往何处，它只能留在我的记忆里，没事儿的时候还经常想起，还是那么的温馨，那么的回味无穷……

胡同里那些难忘的乡音

乡音，故乡的声音。

我的故乡是北京的牛街，说起牛街可是大大的有名，那里是咱北京回族最大的聚集区，那里有著名的牛街礼拜寺，还有那让人向往的回族风味小吃。而我作为一个老北京人，就生长在牛街一条普通的小胡同的大杂院里，在那里度过了我金色的童年，因此，也就留下了许多美好的回忆，我就说说那些留在胡同里的乡音吧！

在二十世纪五六十年代，那时牛街的小胡同很多，胡同连着胡同，也可以说是四通八达。世世代代的北京牛街人就居住在这些胡同里。在胡同里，邻里之间每天早上一见面，首先打个招呼："吃了吗您哪！"这句话是谁发明的？在咱北京流传了多少年？没人知道，可是就是这句话代表了北京人亲切的问候，真的很好！

在我们的大杂院里，您会经常听到这样的话："二婶，我上班去了，麻烦您给我瞧着点儿晾的衣裳，今儿个可能有雨。""放心吧，你走你的，衣服就甭操心了，有我呢！"

"二大大，今儿个中午您就甭做饭了，我妈说今儿个烙新韭菜馅的馅饼，回头中午我就给您端去！"

"杨伯伯，您要的《北京晚报》我给您买回来了！"

一阵自行车车铃声后，院门口传来邮递员的喊声："李××，拿戳！"

您听，这京腔京韵的北京话是不是最美的乡音！

在北京的小胡同里发生的乡音故事很多，传承着老百姓文化的底蕴，其中的一项"吆喝"，至今我还记忆犹新。

说起"吆喝"，那可是咱北京的一大特色。在过去的老北京，具体地说，在北京的大街小巷，您就会听到各种的吆喝声，那种从早到晚络绎不绝、抑扬顿挫、生动风趣出自小商小贩之口的吆喝，是那么的动听，那么的亲切，那么的令人难忘。

据我的回忆，这吆喝大致可分为两种：一种是买卖人的吆喝，一种是手艺人的吆喝。这些个吆喝真是一绝，是咱北京独特的乡音。

在胡同一年四季、从早到晚都能听到京味十足的叫卖声，那都是咱北京一些走街串巷的买卖人，或挑挑，或担担，或推小车（有独轮的，有双轮的），都是些小本生意。

“买花儿来买花儿，买牡丹花来——”

“买——大稀吆、买小金鱼而来哎——蛤蟆骨朵大田螺子来——”

“冰棍儿败火——败火的冰棍儿——”

“香菜辣青椒，沟葱嫩芹菜，扁豆茄子黄瓜，架冬瓜买大海茄，买萝卜、胡萝卜、卞萝卜、嫩芽的香椿啊、蒜来好韭菜呀。”

“冰糖葫芦儿——葫芦儿冰糖的——”

“萝卜赛梨哑味——辣来换——”

手艺人的吆喝也很好听，他们随身带着简单的行囊，行囊里装的是工具，走街串巷地包揽生意。比如，磨剪子磨刀的，他们肩上扛一个木板凳，上面有磨刀石，手里拿着铁串板，吆喝出来是这样：“磨剪子来——戗菜刀——”然后晃动铁串板，“哗啦、哗啦”地发出有节奏的响声。

此外还有：“焊洋——铁壶哟——修理钢精锅——”

“有钢精锅换底——修理钢精锅——”

“锔盆儿哟——锔碗儿哟——”

“修理——搓板儿——”

“修理雨伞——旱伞——”

“修理——钢笔——”

剃头的不吆喝，只是拨动手中的唤头，发出一串钢球撞动的颤音：“哨儿——”就知道是剃头的来了。

以上所说，都是走街串巷的五行八作的贩夫走卒，将贩卖货物用游艺清唱或口技形式吆喝出来，他们不愧为韵味十足的吆喝艺术家。把他们美好的乡音留在了北京的大街小巷里。

说起故乡的乡音，真是有意思极了，尤其是夏天，胡同里更是热闹非凡。

咦，那是谁家的话匣子里新凤霞唱的评剧《刘巧儿》，真是好听，充满京味的国粹京剧在京胡、月琴等乐器的伴奏下，无论是老生还是花脸，也不管是青衣还是老旦，听起来真是悠扬入耳。侯宝林、郭启儒的相声那叫一个逗……

大杂院里传出“嗞啦——”的煸锅炒菜声，香味弥漫在整条胡同里，闹了归齐，又是吃饭的点儿了。

是谁又呼唤孩子的声音：“二宝——回家，该吃饭了，净贪玩了，你饿不饿呀！”

晚饭后，胡同里三个一群五个一伙的净是乘凉的人。有喝着茶摇着大蒲扇侃大山的，有聚在一起打百分、争上游的，还有的在下象棋，真叫一个热闹。孩子们追跑打闹更是玩疯啦，什么“抓特务”，还有“藏昧儿极”等，玩了个不亦乐乎。他们光着小脊梁，满头大汗，照样很高兴。胡同西口有一群十来岁的小姑娘，聚在一起玩游戏，还不时发出银铃般的笑声，嘴里唱着古老的歌谣：“一钻家呀两钻家，打花鼓呀打几下，放花达呀水牛犄，三小三小进来吧！”又唱：“卖锁呀卖锁，什么连锁呀黄连锁，什么开呀钥匙开，开开一个了呀，卖锁呀卖锁……”看她们玩得真开心，唱得真好听。

噢，胡同里的乡音多么美好，好像是在您的眼前展现出一幅有着老北京风情的优美画卷。

说起咱北京胡同里的乡音，还有大自然给予的声音。鸽哨则又是一种大家熟悉的乡音。

那时的北京，养鸽子的人挺多，像我们家住的那条小胡同里养鸽子的就有两家。每当一群群的鸽子在胡同上空飞起，那悠扬的鸽哨声就响彻云霄，形成了一道亮丽的风景线。这也是咱北京的一大特色。

夏天，季鸟儿（蝉）在树上一个劲儿地叫：“知了……知了……”越热它叫得越欢。那时我和几个小伙伴光着小脊梁，拿着长竹竿，竿头上抹一块胶，去粘季鸟儿，然后拿来玩儿，比赛，看谁的季鸟儿叫得最响。

白天，还有那卖蝈蝈儿的，挑着挑儿，挑儿上都是蝈蝈儿笼子，像两座小山。这笼子不大，只有成人的一个拳头大，是用竹皮儿编成的，里面的蝈蝈儿叫成了一锅粥。一毛钱一个，买回来挂在院里自家的门口，“蝈蝈蝈蝈……”叫得非常好听。

到了晚上，天黑之后，墙缝里，砖头下，到处有蛐蛐儿的鸣叫声，此起彼伏，非常悦耳。我和小伙伴们拿着电把儿（手电筒）逮蛐蛐儿，然后养在一个罐里，放在床下，专门听叫，那才叫有意思呢！

啊，一口气说了这么多，这些都是留在胡同里的乡音啊，这乡音充满了故乡的情趣，这乡音弹奏着生活的乐章，是那么的亲切，那么的温馨，那么的令人难忘……

虫趣

常言说得好：冷在三九，热在三伏。这话一点儿都不假。

北京的夏天那叫一个热，热得人没着没落的。眼下正在三伏天里，能不热吗？虽然下了一场雷阵雨，也解决不了什么问题，反而增加了闷热感。

听着树上的蝉鸣，不由得勾起自己童年的往事。在我的童年里有许多往事，酸甜苦辣都占全了。今儿个不说别的，就说点儿高兴的。儿时的生活可谓丰富多彩，光是说游戏这一项，我就能说出很多。今儿个主要跟您聊一聊有关虫儿的话题。

蝉

蝉，又叫知了。而我们北京小孩儿都管它叫“季鸟儿”。

它一般有成人的拇指大小，黑亮黑亮的硬壳身体，背上还有一对透明的大翅膀，别看它个头儿并不大，可是叫起来却非常响亮，而且天越热它叫得越欢。“知了——知了——”的叫声，在北京的夏天里形成了一道靓丽的风景线。如果在昆虫的大乐队中，它充当小号手是最恰当不过了。

蝉对我们这帮10岁左右的孩子们来说吸引力是最大的，在二十世纪五六十年代，北京城大部分是平房和小胡同，树也相当的多，树主要有枣树、槐树、榆树、柳树、椿树等。在我们住的大杂院里就有三棵树：一棵枣树、一棵椿树，还有一棵桑葚树。由于树多，蝉就越发的多。您想，那叫声能小吗？

我和同院住的小伙伴，找来长竹竿，在竿头上抹上臭胶。光着小脊梁，穿着小裤衩，奔走在胡同中、院子里，去粘季鸟儿，几个人盯着树梢看，看准了拿长竹竿轻轻一点就粘住了。等粘够几个，每个人都有份儿，然后比赛，看谁的季鸟儿叫得最响，您说多好玩！

还有一种蝉，名字叫“伏天儿”，它的叫声也很响，发出的声音就是伏天两个字：“伏天——伏天——”我们也曾粘过，它比黑蝉要小，形状差不多，身体是绿色的，也带有翅膀。由于它是绿色的，躲在树上，和树叶浑然一体，所以很不好粘。

一个夏天，小伙伴由于都光脊梁，晒得黑黑的，身上也免不了擦伤和刮伤，那又算得了什么，谁也不在乎，随它去吧！欢乐是最好的药，比什么都灵，您说是不是？

关于蝉，文人墨客的笔也触及它们，著名散文家朱自清在他写的《荷塘月色》中提到夜间的蝉鸣，有人说蝉在夜晚是不叫的，你得改。他去请教昆虫学家，昆虫学家也这样说。但他还是在半夜几次出去听蝉鸣，结果真有几次听到了，因此，文章也就无须修改了。

蜻　蜓

蜻蜓我们小时候都管它叫“老流流”，上学以后才知道它的大名叫蜻蜓。

在我的记忆中，儿时捉蜻蜓也是我们这帮孩子的喜爱。蜻蜓有许多种，我们捉过的有黄蜻蜓，这种蜻蜓特普遍，也最多，也就是我们所说的“老流流”。比它小一点儿红色的蜻蜓，我们叫它“红辣椒”。最珍贵的要属“老杆儿”和“老仔儿”了，这两种蜻蜓比普通的黄蜻蜓要大得多，“老杆儿”是绿色的，“老仔儿”是蓝色的，它们除了身上艳丽的色彩外，头上有两只大大的眼睛，身上有两对半透明的大翅膀，它飞起来非常平稳，就像一架大飞机似的。如果我们小伙伴之间谁要能逮住一个“老杆儿”或“老仔儿”，那就非常高兴。找来一根棉线，轻轻地拴在它的身上，然后放飞，我们在后边跟着跑，别提多开心了。

通常我们逮蜻蜓的方法只有两个．一个是网子扣，一个是用竹竿粘。那时北京的夏天异常闷热，时不时还来一场雷阵雨，所以蜻蜓飞得很低，而且也多，有时一网下来能逮两三只。网扣的都是普通的黄蜻蜓，像“老杆儿”和“老仔儿”就相对很少，所以不好逮，只能用胶粘。

现在想起来，蜻蜓是益虫，它吃蚊子和小飞虫，是不应该逮的，那时我们哪儿懂呀，光顾了玩儿了，您说是不是？

艺术家们也把笔伸向了它们，我看过齐白石大师的一幅画，上面的蜻蜓画的像真的一样，蜻蜓翅膀上的纹路画的清晰可见，不愧是神来之笔！

蟋　蟀

蟋蟀是它的官名，我们都管它叫蛐蛐儿。

每年到了 8 月份，是蛐蛐儿最多的时候。在咱老北京，尤其是夜晚您就听吧，在胡同的墙根下，台阶的砖缝中，庭院的草根里，不时传出蛐蛐儿的鸣叫声，有高音，有低音，但都清脆明亮，“嘟嘟嘟嘟……”叫声响个不停，真像一个昆虫的演奏大会，因此，它也就成了北京的一景。

这个时候，也是我们这帮孩子最高兴的时候。夜晚，我们通常拿着电棒儿（手电筒）和罩子去墙角的砖缝里，在犄角旮旯逮蛐蛐儿，每次逮住一只，心里就非常高兴。

说起逮蛐蛐儿，三哥比我大两岁，他可是逮蛐蛐儿的能手。那时在我们牛街，往南走，出了右安门就是农村，有一个地方叫黄土岗。那儿的蛐蛐儿特多。去之前，先用一些废纸卷成筒儿备用，然后才去逮蛐蛐儿。那天，三哥带着我还有同胡同的两个小伙伴一起去黄土岗逮蛐蛐儿。在土岗旁边的草丛中，用脚一蹚，蛐蛐儿就会蹦出来。逮蛐蛐儿也有讲究，有一种虫子和蛐蛐儿的样子一样，就是比蛐蛐儿大，我们叫它“油葫芦”，这不能逮，因为它不好斗，叫声也不好听，所以不逮。另外“三尾儿大扎枪”也不能逮，因为它是母的。要逮就逮二尾儿的，那才叫真正的蛐蛐儿。

那天，我们每个人都逮到了蛐蛐儿，三哥逮了十几只，而我才逮到了三只，有一只还让我碰掉了一条大腿，您说多可惜！

回到家后，把蛐蛐儿放到罐里养着，这罐大都是自己做的，用玻璃罐头瓶，刷干净，里面垫上土，还要洒些水，保持温润。再放一些菜帮、葱叶等物就可以了。

没事的时候，同胡同中的小伙伴各自拿出自己的蛐蛐儿来斗着玩儿，把双方的蛐蛐儿放在一个空罐里，用蛐蛐儿草挑斗，双方的蛐蛐儿一对头就互相咬起来，龇着大牙，斗得非常凶，片刻分出胜负，输的一方逃走，胜的一方翘起双翅“嘟……”鸣叫着，庆祝自己的胜利。您说多有趣！

我们大多数的时候只是把蛐蛐儿放在炕沿下或水缸旁听它的叫声，非常悦耳，然后我们才安然入睡。

在蒲松龄著的《聊斋志异》中，有一篇叫《促织》的文章，说的就是蛐蛐儿的故事，您不妨一读。也挺有意思的。

蝈蝈儿

蝈蝈儿，我们都叫它“大肚子蝈蝈儿”。

它和蚂蚱大小差不多，但肚子要比蚂蚱大得多，所以就显得稍大一些。由于它翅膀较短，后腿长而有力，所以跳跃能力较强。它的身体是绿色的，也有的是褐色的。

每当到了 8 月份，北京的大街小巷卖蝈蝈儿的就多起来，从他们的穿着来看，都是来自农村。他们挑着一副担子，上面像小山一样挂满了蝈蝈儿的笼子，这笼子有成年人握起的拳头大小，都是用秫秸皮编成的，里面装的都是蝈蝈儿。蝈蝈儿叫出来的声音非常好听：“蝈……”清脆悦耳。您想这么多的蝈蝈儿一起叫，那声音得多大！所以卖蝈蝈儿的不吆喝也能招来一帮孩子。这情景在咱们老北京也是生活中的一景呀！

这蝈蝈儿带笼子一毛钱一个，虽然围了许多人，但还是看的多，买的少，一毛钱够 5 口之家吃一顿炸酱面的，那也是钱呀！

不过同院的杨伯伯还是给他儿子喜忠买了一个，挂在他家的门上，使不大的小院子里响起了清脆的蝈蝈儿叫声，增添了一份情趣，那才是老北京的生活呀！

著名评书表演艺术家单田芳表演的评书《隋唐演义》中，说到瓦岗英雄程咬金时就说过，程咬金的坐骑是一匹大红马，由于肚子大，因此叫作“大肚子蝈蝈儿红”。

除了上述所说的几种，我们还逮过蚂蚱、褂子扁儿。我还见过刀螂挥舞着“两把大刀”，非常有趣。就是蝎子、蜈蚣我都见过。

对了，我还捅过我家房檐下的马蜂窝，紧跑慢跑，还是让马蜂蜇了一下，疼了好几天才好。

关于虫趣我就给您说到这儿。如果您也是六十岁左右的老北京人，肯定会有同感，您说是不是？

卷果与松肉

说起牛街，那里有许多的话题，在牛街别的不说，单清真饮食这一方面就能跟您说一阵子。在这儿，不说别的，单跟您说说其中的两种回民清真特色小吃：卷果和松肉。

这两种美食来自民间，我不敢说牛街回民家家都会做，但就我们家而言，我知道的我大哥、大嫂、大姐、二姐、三姐，以及外甥、外甥女、侄子、侄媳妇都会做，而且做得都特棒，可以说是色、香、味俱佳。

卷　果

卷果分为两种：一种是甜卷果，一种是咸卷果。

甜卷果：它的用料主要有两种：大红枣和山药。大红枣洗净去核，切成碎末，山药去皮拍碎，再把这两种料加上适当的面粉揉均匀（如果干再加点水），揉好之后上蒸锅蒸熟，蒸好后稍晾一晾，趁热用温屉布反复捋，捋成一寸直径的圆柱形，两边兜得越紧越好，然后晾至凉透。吃时拿出一根，切成一厘米厚的圆片，下至八成热的油锅里炸成金黄色，装盘，撒上白糖，就可以吃了。再一种吃法：用炒锅放上白糖、饴糖、加点儿水熬成糖汁，搁点儿桂花，再放入炸熟切好的卷果翻炒均匀，撒上芝麻，上盘后码上山楂条，既好看又好吃。

咸卷果：又称肉卷果，选适量的牛肉，既鲜又嫩的瘦肉，剁碎或绞碎，放入盆中，加适量的淀粉、葱花、姜末、咸盐，将花椒和小茴香炒熟，擀成末，也适量地放入肉馅中，然后用蒸锅，笼屉上放屉布，把肉馅放在屉布上一兜，蒸熟后稍晾一晾，在案板上先放上湿屉布，屉布上铺上一条油皮，把蒸好的肉坨放上适量（根据油皮的大小），然后裹起来，再反复捋，捋成直径一寸的圆柱形。都做完之后码好备用，吃时把它切成一厘米厚的圆片，放入油锅一炸，炸成金黄色，装盘，上桌。这种咸卷果最好是现吃现炸，那才香呢！

松　肉

松肉的主料是土豆和肉馅。把适量的土豆去皮蒸熟捣碎备用，牛肉、羊肉馅均可（以牛肉馅为好）。将土豆和肉馅放入小盆中，把花椒和小茴香炒熟擀成粉，适当加入馅儿中，再加入精盐、葱花、姜末搅拌均匀，馅儿就成了。在案板上铺上油皮，把馅儿平摊在油皮上（油皮上要留够四边）约一厘米厚，蘸稀淀粉水把边和馅拍湿，再在上面覆上另一张油皮压实，把边粘牢，切成5厘米长2厘米宽的段，放入沸油中炸成金黄色，即可食用。

松肉凉吃热吃都可以，以热吃（现炸现吃）最好，松软可口，香气十足，越吃越香！

以上我所说的两种食品，是地地道道的回族清真美食，在北京的清真餐馆差不多都有卖的，也可以作为一种菜肴，也可以称为小吃，同时还是馈赠亲朋好友的一种特殊的礼品。要说哪儿的最好，那我告诉您，牛街的最地道，您去吧，保证您不虚此行！

说说老北京的点心铺

糕点在中国的饮食文化中，占有很高的地位，深受广大民众的欢迎和喜爱，我就跟您说一说咱北京的点心铺。

为什么叫点心呢？据老一辈人讲，过去的点心大部分都是圆的，中间还有个心儿。就拿北京的月饼自来红、自来白来说吧。它上面都有一个小圆圈，这就是中心点，所以统称为点心。

说起点心铺，在咱北京过去叫"饽饽铺"。而且这一行里有很多的规矩和讲究。北京的点心铺分为两种：一种是大教（汉族）点心，一种是清真（回族）点心。他们所经营的点心品种都差不多。但在制作过程中有很大的差别，各有各的做法。

老北京点心铺里的点心品种很多，著名的点心有大八件和小八件，大八件是：提江点心四件：福（枣泥馅）、禄（豆沙馅）、寿（白糖桂花）、禧（红糖桂花），这四件点心都是用旗饼壳（也叫"槽子"或"模子"）制作出来的，这旗饼壳以枣木的最好。另四件：杏仁酥（或核桃酥）、酥皮（白糖桂花）、枣花酥（豆沙馅、香油和面）、五仁酥（核桃、花生、瓜子、杏仁、芝麻），这大八件最有名，据说是为宫廷点心，专供皇帝和宫里人吃的。所以大八件必须有福、禄、寿、禧四个字，否则就不是大八件。过去还有两句顺口溜，道出大八件的好处："福禄和寿禧，没人跟您比，三酥加五仁，您是阔气人。"说出大八件在点心铺中的位置。

说完了大八件，再跟您说说小八件，小八件为：排叉、麻花、中果条（江米条）、中果球、了花、芝麻杠、开口笑、蜜供。这小八件物美价廉，好吃不贵，深受老百姓的喜爱。

以上说的大八件和小八件在北京的各点心铺中要常年供应，随时买都可以。在点心铺，还有一些常年供应的点心，如蛋糕（也叫槽子糕或油糕）、碗糕、马蹄酥、缸烙、糖火烧等。

另外，在点心铺还有一些季节性的点心，我也跟您说一说。这季节性的点心是根据春、夏、秋、冬四季而形成的，我只简单地给您介绍一下，如年糕、元宵、粽子、萨其玛、藤萝饼、芙蓉糕、绿豆糕等都属于此。

在过去老北京，比较著名的点心铺有“正明斋”，这个店在煤市街。还有“福兰斋”，这个店在东四北大街路东。我以上所说的点心，在那儿都能买到。

我祖居牛街，是一个老北京人，回民。我把回民的点心铺简单地给您介绍一下。我们回民也把点心铺称为“饽饽铺”，也有叫“炉食铺”的，一般的回民点心铺从掌柜的到伙计都是回民。掌柜的穿戴通常是头戴白帽（礼拜帽），身穿白汗衫。天冷了，不论是穿夹袄或棉袍，必须露出“三白”，即白衣领、白袖筒、白袜子。在点心铺的其他工作人员必须穿工作服，要勤洗澡、勤理发、勤剪指甲，一定要干干净净，这是最基本的规矩。而且每天早晨上柜之前不论掌柜或伙计都必须用汤瓶净手，方可上柜。否则被视为不净，什么东西也不让摸碰。

在咱北京有一个有名的回民点心铺，字号“祥聚公”，地址在前门大街路西。还有一个回民点心铺，字号“玉明斋”，地址在阜成门内大街12号。这个店就在白塔寺附近。这两家回民点心铺都很大。这里的点心不但品种齐全，而且质量也相当好，所以，很是红火。

糕点在我们中国的饮食文化中占有很高的地位，也是我们老百姓生活中不可缺少的一部分。中国是礼仪之邦，逢年过节，走亲戚，看长辈，访朋友，如果装上两个点心匣子，那是再好不过了。真是一种时尚，既喜庆，又大气。称得上是馈赠佳品。尤其是咱老北京的匣子，长方形，里面码着各色糕点，它的盖子是平的，盖好后，上面铺上 张衬纸，再在衬纸上面伏上 张门票。什么是门票呢？就是上面印着店的字号，经营的品种，还有地址和电话。从匣子盒到衬纸，再到门票，必须颜色分开，这样的点心匣子既好看又美观。然后用绳一捆，拴好提梁，一提溜，那感觉真的好美，好气派！

（此篇文章在陈文玺老先生的大力帮助下写成，在此表示感谢！）

大顺斋与糖火烧

提起大顺斋在咱北京可是大大的有名，其一，这是一家生产制作中、西式清真糕点的厂家，是京城享有盛誉的老字号企业。其二，这儿的糕点具有选料讲究、风味独特等特点，尤其是这儿的糖火烧最好吃，堪称一绝。

过去，老北京人把糕点店铺称为“饽饽铺”，也有叫“炉食铺”的，而大顺斋就是一家有名的清真饽饽铺。

大顺斋创建于1637年（明崇祯年间），地址在北京的通县（现在叫通州区），是一家姓刘的回族人所开，并取名大顺斋。至今已有三百多年的历史了。可称得上是历史悠久有着地方风味的老字号了。

这儿的糖火烧最为著名，它是用白面、芝麻酱、红糖、桂花、香油等原料制成，经过烙烤等手续，做出来的糖火烧又酥又软，又香又甜，非常好吃。据说烤糖火烧的木炭都是枣木的，难怪那么香，那么好吃。

我这个人偏爱甜食，平时喜欢吃点儿甜的。在众多的甜食中，我最偏爱的就是糖火烧了。我现住昌平，有时回老家牛街去看看，总是忘不了从牛街买一些糖火烧带回来慢慢享用。我的二外甥王二，现住在通州区，每次来昌平看我，总是给我带来两盒大顺斋的糖火烧，那是我最喜爱的礼物。

现在的大顺斋比较过去有了更大的发展，成立了北京大顺斋食品有限公司，经营的品种和范围也扩大了。除了糖火烧外，还有枣泥系列产品、南味豆糕、五字饼、萨其玛、西点糕类产品，因为它是一家清真糕点厂，所以一直深受广大穆斯林和其他消费者的青睐。

如今，在牛街清真超市里，专门有大顺斋的铺面，经营出售大顺斋的各种糕点。所以这不单方便了广大的回族顾客，也方便了我这个爱吃甜食的人。就在昨天我去牛街还买了一盒大顺斋的糖火烧，带回昌平与老伴一同享用，这事想起来都美！

说说牛街的“新开张”

回忆起儿时住在牛街的情景，真有说不完的话题。

牛街在咱北京可是大大的有名，因为那里是咱北京最大的回族聚居区，这里的居民绝大部分是回民。

回民自古以来就有自己的生活习俗和饮食习惯，因此在牛街充满了回族的清真气息和特殊的民族特色。当然，这里还有咱北京最大的清真寺——牛街礼拜寺。

我生在牛街，长在牛街，因此，对牛街有着特殊的感情。几年来我笔耕不断，写出了许多有关牛街方方面面的回忆文章，我就跟您说说牛街的“新开张”吧！

什么是“新开张”？为什么叫“新开张”？您听我慢慢道来。

其实，“新开张”说的就是“牛街清真副食商店”。

此店于 1958 年 10 月开张，当时在牛街可以说是第一个也是最大的一个国营副食商店。开张那天，百姓们奔走相告，孩子们更是高兴的心情溢于言表："到‘新开张’去买东西，那儿的东西可全了！”好嘛，这一叫“新开张”就叫了几十年。因此，“新开张”也成了大家的口头禅。如："您这桃酥是哪儿买的？”“新开张。”又如："二宝，上‘新开张’买斤酱油，要 1 毛 5 一斤的。”您听听，这“新开张”因此成了牛街副食商店的代名词。

牛街副食商店坐落于牛街中段的路西，它的斜对过儿就是牛街礼拜寺。当时，我家住在吴家桥四条，我每次去“新开张”买东西，路线是：出我们家院门往东走到糖房胡同，再由糖房胡同往南到羊肉胡同，再由羊肉胡同往东走就到了牛街，然后往南一拐，走几步就到了“新开张”。我说了这么多，其实这些小胡同都不太长，而且四通八达，从我们家到“新开张”也就几分钟。您瞧，那时北京的胡同就是多嘛！

“新开张”门脸坐西朝东，由三间大通柁构成。可能是我当时年纪小的原因，这门脸看上去宽敞、明亮。进了中间的门，左手间，也就是南面一部分，有一组柜台，主要经营有牛街特色的清真熟食，有酱牛肉、牛头肉、羊头肉、酱羊肝、五香羊杂碎、炖羊蹄等，路过这儿您就能闻到特有的香味。所有的商品都遮着白色的冷布，显得既干净又卫生。

再往里走，就是一组玻璃柜台，里面摆放着各种牌子的香烟。靠墙的货架上摆放着各种糖果和各种瓶装酒。下面的一层放着各种糕点，一大盒一大盒摆放得很整齐，有油糕（鸡蛋糕）、桃酥、萨其玛、枣花酥、糖火烧、酥皮点心、中果条、蜜供等。我那老妈最爱吃那儿的油糕了，因为那儿的油糕香甜可口，又柔又软，所以不定哪天一高兴就对我说：“小四，上‘新开张’给我买斤油糕。”我只有乐颠颠地去买，我不是也能沾点儿光嘛。不过，这样的好事儿不是常有，也不一定猴年马月才有一回。虽然，那时的油糕才7毛钱一斤，就是这样的价位也不是随便吃的。顺便说几句，那儿的月饼也做得相当棒，每逢八月十五中秋节，老妈都会去那里买上一斤自来红、一斤自来白，别提多好吃了！

说完了南面的柜台，拐过来跟您说说西边的柜台，西边的柜台比较长，靠墙都是古朴的木质货架，三层货架上摆满了商品。这里经营主要的调料，如油盐酱醋之类，油有花生油、豆油、菜籽油等，酱油分为2毛6一斤、1毛5一斤、1毛钱一斤三种。这里还有酱缸和醋坛子。我以上说的商品都是散装零打的，您买多少都可以。在咱北京，过去买二分钱的醋、五分钱的黄酱那是常事。如果说装黄酱的缸稍大一点儿，而装芝麻酱的缸就稍小一点儿而已。卖这些商品的售货员得有一定的功夫，因为卖这些东西主要靠提子和漏斗，一定要稳，才能显得干净利落，盛芝麻酱时那才叫一个手艺活。此外，“紧打酒，慢打油”的道理，也是检验一个售货员的功底。

前面的玻璃柜台上摆放着装各种咸菜的瓦盆，这里的咸菜比较齐全，有大酱萝卜、小酱萝卜、水疙瘩、酱疙瘩、熟疙瘩等。此外还有芝麻辣菜丝、酱黄瓜、八宝菜等一些高级的咸菜。这些咸菜确实好吃，可是价格方面也就贵一些，不是平常百姓人家经常吃的。像我们家净吃水疙瘩了，为什么呢？因为便宜呀！5分钱能买一个大疙瘩，够吃几天的。

除了以上的商品，这西边的柜台还经营肥皂、碱块、豆纸（一种粗糙的卫生纸)、粉丝、粉条等。

说完了西边的柜台，再说说北面的柜台，这里经营的商品主要是水果，如苹果、梨、桃、葡萄等，那时苹果有红香蕉、黄香蕉、红星、国光等。梨除了鸭梨之外，还有北京的特产“京白梨”，这梨不大，但很软和，甜中有酸，挺好吃。

这里夏天还卖西瓜，卖整个儿的，也卖半拉的和一牙儿一牙儿的，五分钱一牙儿、一毛钱一牙儿的都有，您瞧多方便。除了水果，夏天还卖冰棍儿、汽水、刨冰、酸梅汤等，因为刨冰是一种新品种，又凉又甜，在热天吃上一盘刨冰，那叫一个爽！不过，一盘刨冰要1毛5，这个价位对我们这帮孩子们来说，也是可望而不可即的。

说到这儿，牛街副食商店大体就给您说完了。因为写这篇文章时，全凭自己儿时的记忆，由于年深日久，难免有些不足或记错了的地方，所以希望大家给予原谅和谅解。

有一点还是必须说的，那时店里的售货员以年轻姑娘居多，她们都戴着白帽子、白套袖，腰上还围着白围裙，显得特别干净整洁。在我的印象中，卖酱油、醋的柜台里有一个漂亮姐姐，她看上去十七八岁，不高不矮的身材，白白的皮肤，弯弯的眉毛，大大的眼睛，直隆隆的鼻子，略薄的嘴唇，透着自然的粉红，嘴角微微向上翘着，白帽子下垂着两条又黑又粗的小刷子辫，也就到肩膀那么长。整个人看上去像是从画上下来的一样，真是好看。不单我看她好看，就是整个牛街人都知道“新开张”里有一个漂亮的售货员，至于她姓什么，叫什么，我到现在也不知道。

1963年10月的一天，我到大姨家去玩儿，大姨对我说：“小四，去‘新开张’买一斤花生油，剩下的5分钱就给你了，买两块糖吃。”我高兴地接过钱，拿起油瓶子就跑了出去。到了“新开张”正好是漂亮姐姐当班。我递上油瓶子说：“买一斤花生油。”漂亮姐姐说：“油票呢？”是呀，油票呢？我打开手里攥着的8毛钱，怎么也找不着油票。我急得快哭了，汗也下来了，因为那时每个人每月才半斤油，凭票供应，如果油票丢了，大姨家吃什么呀？我正着急地东张西望得满地寻找，漂亮姐姐对我说：“别着急，你回家看看，是不是落在家里了。”听了漂亮姐姐的话，于是我就急急忙忙赶回大姨家，一进门，大姨就对我说：“我把油票放桌子上了，你也不拿，着急忙慌地就跑了，都上四年级了，还这么毛手毛脚的。”我一看见油票，心里的一块石头落了地。二次去“新开张”，给大姨买了一斤花生油不说，还落了5分钱，您看多好，我正差着5分钱去买一本小人书呢。这事儿真应该好好谢谢漂亮姐姐呢！

光阴似箭，日月如梭，匆匆几十年过去了，牛街起了很大的变化，盖起了高楼大厦。老街和小胡同都不见了，“新开张”也消失得无影无踪。可是，每当夜深人静的时候，牛街的旧景不时地在头脑中涌现，其中就有那令人难忘的“新开张”……

难忘儿时的杂拌糖

过去，在咱老北京，大人哄孩子的时候总是这样说：“别闹，待会儿给你买糖吃。”孩子一听给买糖吃，也就不哭不闹了。可见，糖对孩子有多大的吸引力呀！

我是一个老北京人，土生土长在宣武区牛街一条普通的小胡同的大杂院里。在20世纪60年代初，我才上小学三四年级，同样，糖对我来说也有很大的吸引力。也难怪，那时是困难时期，粮食定量供应，副食更是缺乏，仅有的一些不是写本（副食本）就是要票。因此，那时能吃上一块糖就是一种享受。

说到糖，给我印象最深的莫过于咱北京糖果厂生产的杂拌糖了。当时的杂拌糖是1块3一斤，在北京的各大商场、副食店等都有卖的。为什么叫杂拌糖呢？因此这种糖里什么糖都有，总的来说有以下几种，有牛奶糖、水果糖、酥糖、皮糖等。就这几种糖里，还包括许多花样，如水果糖里就有糖块儿、糖球儿、橘子瓣儿、糖棒儿等。当然了，这些水果糖，味道各有不同，有苹果味的，有橘子味的，还有甜中带酸的。这些都是小姑娘们的最爱。

这杂拌糖，不但品种多，而且包装特别好看，每块糖都有包装，包装的糖纸花花绿绿很是抢眼。这里面有带图案色彩鲜艳的普通糖纸，也有哗啦啦脆响的透明的玻璃纸，上面也有好看的字和图案。像我们胡同里和我同岁的小姑娘小莲，就喜欢保存各式各样的糖纸。吃完糖后，用手将糖纸抹平，然后夹在一本挺厚的书里。有时她拿出来让我们欣赏，让我们这帮男孩子都看得眼发直。这些糖纸不但好看，而且还能解馋，能把口水看下来。这些都是小时候的事了，我想，如果小莲把那些糖纸保留到现在，也可称得上是珍贵的收藏品了。

不扯远了，还是说儿时的杂拌糖吧。

在我的印象中，那些杂拌糖真的很好吃。像牛奶糖，剥开糖纸，里面的牛奶糖好像有一层白面霜，吃在嘴里一嚼，软软的，滑滑的，满嘴生香，牛奶味特浓，别提多好吃了。说到酥糖，更是我的最爱。我记得当时有一种酥糖叫“小孩酥”，糖纸上的图案是一个胖娃娃，非常招人爱。糖的形状像一个宝葫芦，很特殊，吃在嘴那叫一个香，别提多好吃了！水果糖我不太喜欢，为什么呢？因为我这人特馋，这水果糖讲究含在嘴里慢慢地吃，品其味，含其香，我们胡同的小姑娘都这么吃，而我根本就含不住。水果糖放在嘴里嘎嘣一嚼就完活，多没品位。而且口感远不如牛奶糖润滑香甜。多新鲜哪，水果糖一分钱一块，而牛奶糖要二分钱一块呢！

说到杂拌糖，还有一件趣事也跟您说说。

我们兄弟姐妹七个，我上面有三个哥哥、三个姐姐，我最小，是个老疙瘩。1960年我大哥结婚，我才上小学三年级。大哥婚后，把一大包杂拌糖用报纸包好放在大衣柜里，无意之中被我发现，我是隔两天就去大哥屋里偷吃糖，拣好的吃，每次不多，就两三块，可是架不住老去，时间一长，自己都觉得糖太少了，报纸包也变得越来越小。最后，还是被大哥发现了，还好没打我，只是说了我一顿。这事在我们家留下了一个笑柄，家里的人有时拿这说事儿，弄得我挺不好意思。

20世纪70年代时，我已长成一个青年，而且成了一名北京知青，上山下乡到了宁夏生产建设兵团。在这期间，自己也有了一点经济权，每次探亲假回家，除了解馋吃一些好的（以肉类为主），再就是买一斤杂拌糖了，也可以大大方方的品其味了，再不会像以前去偷吃了。探亲假结束，回宁夏之前，除了买上两条好烟（一条香山、一条八达岭），再就是买上二斤杂拌糖，带回去，与战友们一起分享。

光阴似箭，日月如梭，匆匆几十年一带而过。现如今我在北京昌平安了家，从教育战线上退休下来已好几年了。我感到生活非常幸福，吃穿不愁，想吃什么就去买什么。对于糖，尤其过年的时候，总会想起儿时的杂拌糖，可是现在提倡吃绿色食品，要做到三少，即少吃盐、少吃糖、少吃油。所以，糖就吃得少了，偶尔吃上一两块，也不是儿时的味儿了，总觉得没有小时候的杂拌糖那么香，那么甜……

门钉肉饼

提起回民的清真美食，当数我们牛街，今天在这里我不说别的，单说一说我们回族的肉饼。

说起肉饼，在我的印象中有三种，一种是普通肉饼，就是用面皮包馅，然后按扁之后就可以烙了。在牛街北口的清真大食堂和菜市口的南来顺小吃店，都有这种肉饼卖。那真是里外冒油，焦黄焦黄的，好吃，香！第二种是多层肉饼，就是把面剂儿擀开，擀薄，然后把肉馅铺在上面，留出一角空白，用刀划出一个小口，反复折成四层，再擀开之后，就可以烙了。

我今天主要说说第三种：门钉肉饼。

我问过牛街回族老人，这种肉饼为什么叫门钉肉饼？老人说："这种肉饼敦实、厚实。过去咱们北京老城门上都有门钉，现在正阳门的门上还有门钉。你看这门钉肉饼像不像城门上的门钉？"您还甭说，这肉饼真有些像门钉的形状。

这肉饼过去在牛街我不敢说家家都会做，但也差不多。今年的春节，我去牛街看望我那老嫂子，我的侄媳妇就给我烙的门钉肉饼。闲谈之中，我了解到这门钉肉饼还真讲究，这讲究就在用料上。回民的肉饼，一般都是牛肉大葱馅，门钉肉饼也不例外。牛肉馅一般是瘦中有肥，瘦肉占八分，肥牛油占两分，这样这馅儿才香而不腻。瘦肉要嫩，用牛上脑最好，黄瓜条也行。再配上两分的腰窝油，就行了。拌馅的咸淡要根据个人的口味，但大葱、姜末、黄酱、咸盐不能少。侄媳妇又告诉我一个秘方：在拌馅的时候，用一个小碗，碗里放些花椒和小茴香，然后像沏茶那样，用开水沏开，泡出颜色，放凉，用这水打开牛肉馅，准香！

在烙的过程中，我又看到这饼铛帮儿较高，烧热之后，铛里倒上油，油热之后，再放制好的饼坯，这门钉肉饼，讲究半炸半烙，放在铛里吱吱作响，香气扑鼻。待两面都变成金黄色时就熟了。

装盘之后，您看盘中的肉饼，差不多能看见里面的馅儿了。可见这门钉肉饼薄皮大馅又是一大特点。吃要趁热吃，但不能着急，先咬一小口，或用筷子在边上扎一个眼，放出里面的热气，然后在小眼上轻吸里面的汁儿，品品香味，最后再吃，那才美呢！

跟您说了这么多，您不妨一试。现在门钉肉饼在北京的清真饭馆中有售，既可以做小吃，也可以做正餐，至于味道如何只有您自己去品尝了。

在我们牛街，现在有一家清真餐馆，叫“祥云轩”，地址在牛街教子胡同法源寺西里 5 号楼甲 5 号，老板姓马，是一位土生土长的牛街人。这家餐馆主营就是门钉肉饼。我专门从昌平到牛街去品尝了那儿的门钉肉饼，还甭说，真够味儿，地道！那里除了门钉肉饼，还经营老北京清真家常菜。比如我平时爱吃的菜肴那里都有，如爆肚、红烧牛尾、扒肉条、麻豆腐等。如果您想吃点爽口的素菜，那儿的小白菜烧豆腐就很不错。有机会您去品尝，保证错不了。

京味小吃炒疙瘩

咱老北京人爱吃面食，首先是面条，北京人吃面条有讲究，什么季节吃什么面。传统的炸酱面就别说了，一年四季都可以吃。而在夏天吃上一碗芝麻酱面，又爽口，又清凉，透着香。而冬天吃上一顿打卤面或热汤面则别有一番风味。而汆子面更是北京人的一大发明，它以时令蔬菜为汆，方便，随意，倍儿香。

其他面食，如馒头、烙饼、花卷、包子、饺子、馅饼、肉饼、锅贴等，都是咱北京人所喜爱的。

我专门给您说说京味小吃炒疙瘩。

我祖居在宣武区的牛街，是地地道道的穆斯林。我所说的炒疙瘩，也就是清真的炒疙瘩了。

第一次吃炒疙瘩是在20世纪70年代。那时在煤市街（珠市口往西）中段，有一家经营清真小吃的小馆叫“恩园居”，门面不大，但那儿做的炒疙瘩，却别有一番风味，也是这个店的特色。

进去之后，首先闻到就是老北京清真饭馆特有的香气，找了一个座位，点了一份炒疙瘩，这炒疙瘩分为两种：一种肉炒，一种素炒。一份为半斤，肉炒3毛一份，素炒2毛5一份。当然，一份还需交半斤粮票。那天我点的是肉的。当一盘炒疙瘩端上来之后，热腾腾、香喷喷的，这盘炒疙瘩色泽深黄，配菜也相当讲究，里面有肉末、蒜苗丁、青豆、胡萝卜丁，这些配菜在红黄绿之中，相映生辉，看着就勾引人的食欲，再加上蒜苗特有的清香。可以说是色香味俱佳。吃上一口，感觉既绵软又有劲儿，越嚼越香。舌尖上滚动，带动炒疙瘩的醇香，真恨不得连舌头一起吞下。

在我们牛街，因为家家都要做饭，所以不乏美食高手。就拿我们家来说吧，老妈就是一位高手，普通的饮食都能做得有滋有味的，可能是受她的影响，我们兄弟姐妹七个，个个都有两把刷子，都能做出优质的家常便饭。我在我们家中可算是一个佼佼者，可能是小时候太馋，虽然那时物质比较贫乏，但总想办法做点新鲜的花样。再加上我爱观察，勤请教，随着时间的推移，我做饭的手艺越来越好，不是跟您吹，我能做一整桌的菜！

在我们家，我的大嫂可以说是高手中的高手，在家常便饭中，不论做什么味道都不错，我跟她学了不少，炒疙瘩就是其中的一项。

她给我讲了炒疙瘩的过程：首先是和面，和面有讲究，要和得硬一些，还要反复揉几遍，直到滋润为止。然后把面揪成比黄豆粒大一点儿的圆疙瘩。放入沸水锅里煮，同时用铁铲贴锅底顺一个方向慢慢搅动，防止粘锅。待煮熟之后，用笊篱捞出，放入凉水盆里浸泡，炒前捞出控干。

配菜：时令菜即可，最好用胡萝卜丁、青豆、蒜苗丁。胡萝卜丁要用开水焯一下，青豆要煮熟。肉用牛羊肉都可以，过去用肉末，现在不妨用肉片，如羊后腿肉、牛上脑肉都行，还要准备葱花、姜末、蒜片。

炒制：起油锅，油热之后放入肉片煸炒，待肉变色后再放入葱姜蒜，待煸出香味放入配菜略炒，然后放入面疙瘩急炒，放盐、酱油等调料，再炒，炒时可淋点水，再炒片刻，待酱油等作料全沁入疙瘩即可出锅。这样，一盘色香味俱佳的炒疙瘩就完成了。

如今，一盘炒疙瘩既平凡又简单，可它显示出了老北京的风情。它既可以作为主食，也可以作为小吃。可不管怎么说，在众多的北京小吃中，它以独特的魅力，展示出它特有的风姿。因此，到现在我还接长不短儿地去接触它，品味它，以满足自己舌尖上回忆……

煮汆汆儿

说起煮汆汆儿，现在的年轻人甭说没吃过，恐怕连听也没听说过。

这煮汆汆儿在咱老北京可以说是最普通的饭食，凡是50岁以上的老北京人，准会津津乐道，有着说不完的话题和难忘的回忆。

在我的记忆中，可以说从我记事起，每天吃的饭食主要就是窝头，甚至几乎一天三顿饭都是窝头。

从20世纪50年代起，我国实行计划供应粮食，每个人根据个人的情况配给一定的定量，在定量中粗粮占了70%，细粮只占30%。细粮中又分米票和面票。所以，一天三顿饭都是吃窝头也就不奇怪了。

我的母亲是个典型的家庭妇女，负责全家六七口人的起居饮食。说起老妈的做饭手艺那是堪称一绝，面食做得好，什么炸酱面、打卤面、芝麻酱面、汆子面、热汤面等都做得特别香。包子、饺子、馒头、花卷也不在话下，尤其那窝头，蒸得更是棒，又暄腾又软和。好吃！

由于粗粮多，老妈不但能蒸窝头，她还把玉米面做出许多的花样，什么大馅团子啦、金裹银花卷啦，最让我难忘的还是老妈做的煮汆汆儿。

我现在也算是一个草根美食家了，能做很多的饭食和菜品，可以说都是受老妈的影响，其中煮汆汆儿就是其中一项。

做汆汆儿第一项就是和面，用80%的玉米面和20%的白面一起和，用温水和，水用的少一点儿，和好以后，反复揉，直到滋润为止。然后取出一块，放在案板上，擀成约一厘米厚的片，再用刀切成一厘米的条，把条再切成一厘米的块，然后把块放在面盆里，撒上干玉米面，像摇元宵那样开始摇，直到摇成一粒粒的小球为止。

第二项就是做汆儿。那天老妈让我去聚宝源买肉，对我说："去上聚宝源买二两羊肉，要肥的！"为什么买二两肉还要肥的呢？那时每人每月只有半斤油，不够吃呀，所以买肉就得要买肥的。我接过老妈递过来的1毛4分钱，向聚宝源跑去。

那天的汆儿做得真棒，起油锅，油热之后把切好的肉末放进油锅里翻炒，肉变色后，放入葱、姜、蒜翻炒，一会儿香味就出来了，然后放入土豆丁、白菜丁又翻炒，片刻放盐、酱油，再放入水。老妈说：“多放点水，这煮杂杂吃的就是这汆汤。”等汆儿熟透后，老妈又在上面撒一层青蒜末，最后又用大铁勺，在里面放点油，放在火上烧，油热后放几粒花椒，等花椒炸出香味，刺啦一声浇在汆子上，这汆儿就做好了。

第三项，煮杂杂儿。钢精锅里做上水，水开后把摇好的杂杂儿放在锅里煮，煮时要有耐心，不断地用大铁勺推搅，目的是不让它粘锅。待煮好后，把杂杂儿捞在一个有凉水的盆里，过水，然后再盛到碗里。

最近一项就是吃了。把捞好的杂杂儿浇上汆儿，用筷子搅拌，吃时就上两瓣蒜，那就更棒了！那天的煮杂杂儿真是香，我连吃了两碗。

其实这煮杂杂儿一年四季都可以吃，汆儿以时令蔬菜即可，素汆、肉汆都可以，根据个人的喜好而定。不过，冬天吃的时候，就不用过水了。煮熟直接盛在碗里，浇上汆儿就行了。不过我得提醒您，这煮杂杂儿瓷实，特别顶时候，因此，一次不可吃得太饱，否得您中午吃后，到了晚上都不带饿的！

匆匆几十年过去了，现在的生活如此的好，鸡鸭鱼肉、生猛海鲜、大米白面应有尽有，可是我还是忘不了那些煮杂杂儿的香味，那是家乡的味儿，那是妈妈的味儿，真让人回味无穷……

京味炒饼分外香

说起炒饼，在咱北京老百姓的心中，是一道既普通又实惠的饭食。同时，又是一道平凡的充满京味的美食。凡是老北京人，对这道美味都情有独钟。

给我印象最深的当数南来顺小吃店里的炒饼了。那时南来顺小吃店在菜市口，菜市口当时是一个丁字街，南来顺小吃店坐南朝北，门脸对着宣武门大街。小吃店有两个门，如果您从西门进去，一进门的西侧就是卖炒饼的地方。南来顺小吃店在北京相当有名，不单是清真老字号，主要是那儿的小吃做得地道，有着特殊的清真风味。在我的眼中，当时小吃店挺大，也宽敞，每次去给我的感觉，里面都是熙熙攘攘，人头攒动，热闹非凡。除了门以外，四周一圈经营着各种风味的清真小吃，我不说别的，单跟您说炒饼。

进了西门，西侧有柜台，第一份就是卖炒饼的，顾客不但能吃到炒饼，还能看到炒饼是怎么炒的，给我印象挺深。一个大平底锅，直径有一米多，两个大师傅，一边一个，手里拿着大铁铲，这铁铲是方头的，木把，也有一米多长，像个小铁锹。两个大师傅忙得不可开交，四条手臂不停地挥舞，大平底锅上刺啦刺啦的爆响，伴随着冉冉上升的白色热气，真是香味扑鼻。一会儿，炒饼就出锅了。啊！真香呀，顾客找到座位，就可以慢慢地享用美食了。吃时，在炒饼上淋些醋，再就上两瓣蒜，那就更棒了！

说到炒饼，不能不说说牛街北口的清真大食堂，这是一家国营饭店，一日三餐，应有尽有。那儿的家常炒菜非常地道，肉饼、炒饼也做得特别有味儿，而且特别便宜，称得上物美价廉。因为这个饭馆离我们家挺近，所以我对此比较熟悉。到这个饭馆就餐的人都是普通的老百姓，他们当中有普通的工人、农民、小商小贩、蹬三轮的、拉排子车的等。尤其是夏天的晚上，这里热闹非凡，忙碌了一天的人，都想到这打打尖儿，解解乏。打上一升啤酒，买上两个小菜，三三两两的好哥们儿、好朋友，侃侃大山，拉拉家常，感到非常惬意。

然后再来上一份炒饼，这一餐就齐了。当时的炒饼分为肉炒和素炒，一份为半斤，素炒2毛5，肉炒3毛5，收半斤粮票，您说多实惠。我也曾吃过多次，那香味至今都忘不了。

今年正月初二那天，我从昌平到牛街看我那老嫂子，中午的大餐无非是鸡鸭鱼肉之类，自不必细说。到了晚上，老嫂子给我做的就是炒饼，我也正好想学学这炒饼究竟是怎么做的。她边做边给我讲解，先是备料，把烙好的家常饼切成一寸多长的细丝。装盘备用。然后准备菜，她说："炒饼的配菜很简单，大白菜、洋白菜都可以，要切成细丝。如放柿子椒也可以，也切成细丝。用柿子椒炒出来的饼更有一种清香味。"她又说，"炒饼用羊肉、牛肉都可以，最好用牛上脑肉，因为上脑肉特别嫩，去掉筋后，切成薄片备用，再准备葱片、姜末、蒜汁即可，备好料之后就可以炒了。"

在炒的过程中，我仔细观察，先起炒锅，锅热后倒油，油热后先放入肉片翻炒，待肉片变色后，放入葱片和姜末略炒，再放菜翻炒片刻，放盐，再放酱油，淋上少许醋，放蒜汁，再炒片刻，这时的香味就出来了。然后把饼放在菜上，再淋上少许的清水，盖上锅盖，两三分钟后，打开锅盖，这时的菜汁差不多已被饼丝吸去，要快速翻炒片刻，淋上少许香油，然后出锅，就这样一份炒饼就完成了，又柔软，又滋润，别提多香了！

我上述所说南来顺的炒饼，是我年轻时的事儿，当时只看了个大概，没有像老嫂子说得这么细，难怪我以前自己炒的饼，不是太干，就是太硬。通过这次学习后，自己试做了几次，还真是味儿，老伴和孩子们吃后，都赞不绝口，这饼炒得真香，真有老北京牛街的风味！

这真是京味炒饼分外香啊！您不妨也试试？

窝头·咸菜·粥

看了这个题目，凡是老北京人都会感到特别的亲切。

我是 1950 年 1 月出生，是祖国的同龄人。对于老北京，可以说赶上了一个尾巴。我现在好像有一个“特异功能”，对小时候的事情记得特别清楚，那些在街头巷尾以及小胡同和大杂院里发生的事历历在目。有人给它起了一个名词叫“怀旧”，而我就属于怀旧人之一吧！

怀旧是多方面的，有人文方面的，有情感方面的，有生活方面的，有饮食方面的，等等许多。这些方方面面都能从吃、穿、住、行、用等体现出来。我不说别的，只把小时候最普通的饭食窝头、咸菜、粥给您说上一说。

从我记事起，我记得每天的饭食差不多都是窝头，这窝头是棒子面做的，棒子面官名叫作玉米面，而北京人称它为“杂和面”。那时是供给制，每人每月都有限量，按时发给粮票，这粮票又分为粗粮票（普通粮票，能买玉米面和白薯）和细粮票（包括面票和米票），当时粗粮占 70%，细粮只占 30%，所以差不多天天吃窝头也就不奇怪了。当然，这玉米面不只是做窝头，还能做许多饭食，像我老妈能用玉米面做大馅团子（无非是萝卜白菜之类）、发糕、摇尜尜儿、金裹银花卷（多好听呀，其实就是用少量的白面卷着玉米面做的）等食品。

真正吃纯玉米面的窝头还不错呢，困难时期，人都吃不饱呀，怎么办？就往玉米面里加东西，如白菜帮、萝卜叶、白薯面等。那时人长叹：哎，什么时候吃上大白馒头多好呀！和我年纪差不多的人都有这种想法。

再跟你说说咸菜。

咸菜不算是正经的菜，但它是咱北京人不可缺少的吃食之一。

过去在咱北京有两家有名卖咸菜的店铺，一家是“六必居”，这家店铺在前门大街的大栅栏里。据说那儿的咸菜过去都是往宫里送的，是给皇上和老佛爷吃的。所以那卖的咸菜比较高档，价格也比较贵，不是咱普通老百姓消受得起的。另一家是“天源酱园”，这家店铺在西单路口十字街东南角。这两家咸菜店铺在北京可称得上是老字号。

但我想给你说的不是老字号，而是我们家门口的一家小铺“宛记小铺”。那时，像这样的小铺在咱北京的小胡同里挺多的，而“宛记小铺”就在牛街路西的糖房胡同中段。别看这小铺小，经营的商品可是咱老百姓居家过日子的必需品。如油盐酱醋、日常用品、烟酒糖（没茶）等许多东西，其中咸菜就是一项。我记得很清楚，靠西墙的大木制柜台里有隔板隔开，中间一格就是咸菜，咸菜摆了一长溜，都是装在小瓦盆（带釉的那种）里，种类有水疙瘩、酱疙瘩、熟疙瘩、大酱萝卜、小酱萝卜、萝卜丝、八宝菜等。老妈有时候给我五分钱，说:“去上宛记小铺买5分钱水疙瘩，晚上喝粥用。”为什么买水疙瘩呢？因为水疙瘩最便宜，5分钱就能买一个大个的。老妈有时候也买熟疙瘩，这熟疙瘩不是热的，它只是咸菜的一种，怎么做的不知道，但口感不错，软和，好吃。其实，我最爱吃的咸菜是一种咸菜丝，很细，里面有芝麻，甜咸味的，很脆，真好吃。但是较贵，所以吃的次数不多，净吃水疙瘩了。

最后，再跟您说说粥。

粥在老百姓的饮食中最平凡不过了，而北京人还最爱喝粥。

记得小时候老妈熬的粥不外乎那么几样：大米粥、红豆粥、绿豆粥，最多的时候是棒子面粥。为什么呢？我想不外乎这几个原因：粗粮多，细粮少，棒子面居多。再有就是方便，快，一会儿就能得。三是粮食不够吃，棒子面粥熬稀点，能壮肚儿。大米粥挺常见，熬好了挺香，如果能吃上一碗大米粥，吃上一个窝头，就点儿咸菜丝，一顿饭挺好的。

冬天老妈有时熬红豆粥，说是红豆耐热，冬天能驱寒，不知是真是假。夏天老妈熬绿豆粥。说绿豆能去火，能解暑，夏天喝最好。像我们同院的街坊李大婶，家里人口多，夏天把小饭桌摆在院子里，熬好绿豆粥后，盛了好几碗晾着，等凉了。下班的、下学的都回来了，就能喝，您瞧多好！

其实，粥作为一种饮食，太平常了，差不多家家都喝，没什么奇怪的。可就是这平常的饮食，几十年后的今天，也形成了一种美食。说过去小吃店里有卖粥的，什么小米粥、红豆粥等。而现在有专卖粥的粥店，超市里有卖罐装的八宝粥。这都说明粥在人们的生活中是不可缺少的一部分。

现在我退休了，没事的时候喜欢捣鼓点吃的，其中之一就是熬粥。如果按现在的生活观念，应该是少油、少盐、少糖，省得得三高。现在得糖尿病、心脑血管病的有多少，不注意不行呀！所以我就试着熬八宝粥。反正我们家有人来给我带礼物，什么核桃、大枣等，我就自己做。现在买什么超市里都有，买起来很方便，于是我就去超市把其他的物品买回来。我做的八宝粥有以下几样：大米、小米、玉米糁、红小豆、绿豆、花生米、大枣、核桃仁、桂圆干、葡萄干、枸杞、芝麻。说是八宝粥，实际已经够了12宝了。有这么多的好东西，您说熬出来的粥能不好喝吗？不用搁糖，也甜滋滋的，非常好喝。一次熬的多，喝不了，盛在一个小盆里，晾凉后放入冰箱，吃时一热就行了，很省事。最重要的是，自己熬的粥绝对没有添加剂、防腐剂等乱七八糟的东西，保证吃出健康，吃出好心情。

过去因为困难，常吃窝头、咸菜、粥，现在生活好了，大鱼大肉随便吃，白面馒头可劲造，可是您别忘了，身体可是您自己的，身边的教训还不够多吗？劝您还是少吃为妙。窝头、咸菜、粥还是最好的饮食，希望您健康长寿，别忘了吃窝头、咸菜、粥。

大馅团子与蒸龙

说起大馅团子与蒸龙，在咱北京老百姓的心里就是两种普通的饭食，没什么特殊的。

我是一个老北京人，祖居宣武区的牛街，是一个地道的穆斯林，也就是回族。

我同时也是共和国的同龄人，从我记事起，就记住了老北京胡同中和大杂院里发生的点点滴滴，在这里发生了许多令人难忘的往事，充满了京城普通百姓人世间的悲欢离合和喜怒哀乐。

我写过关于老北京记忆的许多文章，其中包括多篇老北京百姓人家和北京老字号饮食方面的文章。我就跟您说说大馅团子和蒸龙吧。

在二十世纪五六十年代，人们的生活水平很低，买粮食要粮票，买油要油票，买布要布票，这么说吧，许多生活的用品，不是写本（副食本）就是要票。就拿吃饭来说吧，那时我还是个10来岁的孩子，正在上小学，在我的记忆中，主要吃的就是窝头，一天三顿饭都是窝头，有时还吃白薯。没办法，那时粮食凭票供应，粗粮多，细粮少，家家都是如此。

我的母亲是一位普通的家庭妇女，做饭是一把好手，窝头蒸得那叫一个棒，而蒸大馅团子也是她的拿手好戏。由于粗粮多，细粮少，母亲尽量把粗食做出花样来。在北京供应的粗粮主要的就是玉米面，也叫棒子面。而北京人习惯叫它杂和面。所以母亲除了窝头蒸得好之外，还能做出许多花样来，如发糕、金裹银花卷、两样面切条、大馅团子等。

说起大馅团子，在我们印象里永远忘不了。说是大馅团子，其实就是用玉米面做皮儿，而所谓的大馅无非就是一些白菜、萝卜之类的蔬菜。下面我就跟您说一说具体的制作方法：先将玉米面用温水和好，和时要放一点起子（小苏打），如果有条件掺上少许豆面那就更好了，约醒上半小时以后，就可以做了。做馅的菜品很多，而萝卜馅是最好的选择。萝卜要用卞萝卜，这卞萝卜是圆形，个儿大，像个小孩儿脑袋似的，一个有一斤多重，粉红色的皮儿，切开后里面是白色的。它不能像水萝卜那样生吃，有些艮，只能做馅儿。母亲先把萝卜洗干净，然后切成片，放在开水锅里煮熟，然后捞出控干、晾凉，剁碎后要经过调制，放些葱花、姜末、盐（如果有条件放些肉那就更好了），那天母亲让我去聚宝源买了1毛钱的浮油（从炖牛肉的汤里撇出来的牛油）放进了馅儿里，又放了些五香粉，然后就开始包团子，这包团子可是个技术活儿。您想啊，这玉米面比白面散得多，要包成大馅团子还真不容易，既要大馅，皮还不能破，得一点一点地从外到里地慢慢地团，最后才能完成。

那天母亲蒸的团子真叫香呀！我有时想，这大馅团子是谁发明的呢？可转念一想，甭管谁发明的，在困难时期，它给人们解决了大问题，同时也给京城美食留下一笔，也给同我年龄段的人留下了一个念想！

说完了大馅团子，再跟您说说蒸龙。

蒸龙，也叫肉龙，也有叫它懒龙的。它是用白面和肉合在一起做出的一种蒸食，因为它样子为圆柱形，不是直的，而是像一条龙似的盘在蒸锅里，所以叫蒸龙。

蒸龙制作方法如下：先将白面用面肥发上，等发好后，放在案板上放上碱面，反复揉好即成。现在简单了，用发酵粉就可以。

肉馅一般是用牛肉大葱馅儿。牛肉用上脑肉最好，剔去筋，再放点牛油，掺在一起绞（剁）成馅儿。大葱洗净，先破成条，再切成葱末，大葱可多放一些。鲜姜也切成末备用，先在肉馅中放入适量的盐、黄酱、生抽，搅拌均匀。教您一招儿，如果把花椒像沏茶那样沏成花椒水，放凉后倒入肉馅一打，嘿，那馅儿更香了！然后把刚才切好的葱、姜放入馅儿中，搅拌均匀，最后再倒少许香油一拌，那馅儿就做好了。

面和馅儿都做好了，就可以蒸了。

先将一剂儿面放在案板上，把它擀成一个大约半厘米厚的大薄片，然后把肉馅儿均匀地铺在面皮上，再从下至上地往上卷，卷好之后，再把边角捏一捏，这肉龙就做好了。肉龙的大小长短可以自己掌握，随意即可。坐上蒸锅，水开后把做好的肉龙盘在屉里，20分钟后，一锅肉龙就蒸好了。

当母亲把锅盖掀开之后，热蒸汽中肉龙变得白白胖胖的，非常诱人，并发出香喷喷的味道。母亲把肉龙捡到盘子里，掰开一个，那香气更浓了，充满了不大的小屋。我看得眼都直了，那掰开的肉龙的肉馅卷在面里，一圈圈的真是好看。当母亲把半个肉龙塞到我的手里，我迫不及待地咬上一口，啊！这肉龙可真香啊！那味道就是咱北京人的味道，胡同里的味道，回民特有的味道，还有妈妈的味道……

不瞒您说，在我们家，蒸龙不是经常吃的，一年之中也就吃过有数的几次。反之，大馅团子倒是接长不短的吃。而窝头几乎是天天吃。那时，家家如此，也就不足为奇了。

而蒸龙也作为一道美食流传下来，您可以自己做，实在怕费事，不如买现成的。那我告诉您，在牛街聚宝源小吃店有卖蒸龙的，至于味道如何，您自己一品尝不就知道了吗?

怀念老街坊

人真是越老越怀旧，退休之后，每当夜深人静的时候，往事如烟，有时像电影一样，一幕幕在脑海里闪烁，而且思路特别清晰，就有把它记下来的愿望。于是一篇篇优美的散文在我的笔下像清泉一样流淌而出，我心里真是高兴，我要把这高兴快乐的心情写出来，和大家一起分享。

我跟您说说我们这个大杂院里的老街坊，因为在这个大杂院里，留下了我美好的童年时代和青年时代。在这里发生的那些事儿，都是老百姓家长里短、鸡毛蒜皮、柴米油盐的琐碎小事儿，现在想起来感到特别的温馨，充满了老北京的人情味儿。

我们这条胡同叫吴家桥四条，我们这个大杂院是5号，在这个大杂院里住着七户人家，您想，本来不大的院子住着七户人家，那热闹的情景就可想而知了。

这个大杂院有南房四间，三间住人，另一间则是门道和院门（院门外就是胡同了）。这三家第一间住的是杨老伯一家，中间的一间就是我们家，里面一家住的是刘伯伯。东屋住的是两家，一家是万伯伯，一家是鲁姥姥。西屋是两间，住的是黄伯伯一家。北屋是正房，住着这个院的房东，三大间半（北京人讲究，正房三间跨半间），一砖到顶，一水的青砖，磨砖对缝，青瓦起脊，很是气派，三层的台阶，都是条石，屋的上半部是实木的窗，镶着大块的玻璃，窗台下才是青砖墙，门也是实木的，上半部也是镶着玻璃，屋里是方砖墁地（青砖），可以说这个院儿北屋最好，而东、西、南屋就逊色多了，就是老北京低矮的普通房了。在正屋前还种着三棵树，一棵枣树，一棵桑树，一棵椿树（臭椿）。这三棵树给不大的小院增添了无限的生机，非常好看。

我还是从南屋说起吧，南屋除了一间门道外，第一家住着杨老伯一家三口，杨老婶和一个男孩，叫喜忠。杨老伯我管他叫“老伯”（发“掰”的音），是北京公交车（那时叫公共汽车）某路的售票员。他个子不高，偏瘦，但总是笑眯眯的，还经常跟我闹着玩儿，是非常好的一个人。他喜欢我，我也喜欢他。记得1962年的端午节前夕，我上小学四年级。早晨我刚要上学，杨老伯从他家探出头来，冲我直招手："小四，来，过来！"我来到他面前，他像变魔术一样，从身后提溜出四个粽子，递到我面前，说："给你的，小枣粽子。"不容我说什么，拿过我的书包，就把粽子塞进我的书包里。当时我的心里热乎乎的，觉得杨老伯真好啊！您想呀，1962年，还是困难时期，穷呀，什么东西供应都紧张，买点儿东西不是要票就是要本（副食本），这四个粽子可以说是奢侈品，我能不感动吗？

杨老伯在工作上也很辛苦，那时公共汽车上的售票员要有真功夫，不像现在的售票员有固定的座位，那时他们都得随着乘客上车下车，尤其是早晚上下班高峰，挤车就显出了售票员的真功夫，挤上车之后，就更忙了。卖票，收钱，报站名，嘴里总是不闲着："哪位给老大爷让个座？""劳驾，您往前来，让那个小孩儿扶着把手。""谢谢您哪！"您瞧他多忙。

后来我上山下乡到了宁夏，回北京探亲，也找杨老伯，托他给我买一张北京通用汽车月票。那时普通月票3块，只能坐市区公共汽车。3块5是专线，意思是说，除了市区，郊区只能坐一个线，比如北京到昌平，其他各县不能坐。而通用汽车月票要5块钱，就是说，在北京地区，不管市区还是郊区随便坐。而第二天，杨老伯就把买好的月票送到我的手里。那时年轻的我和同学小伙伴到处坐车去玩儿，真是开心！

南屋的第二家就是我们家，第三家是刘伯伯一家。刘伯伯一家三口，刘老婶和一个女儿叫小美，小美在我的印象中是一个非常好看的小女孩。刘伯伯长得富态，稍胖，面上看特别的慈祥。他在西四清真小吃店上班，刘伯伯做的一手清真小吃，手艺特别棒，我吃过他亲手做的切糕、驴打滚等小吃，那味道至今难忘。1964年的八月十五中秋节，他给我家送来了四块自制的提江月饼，真是好吃。有一次闲聊，我说："刘伯伯，您做月饼真好吃，能教教我吗？"他说："行，我就教你做五仁月饼和酥皮点心吧。"我说："酥皮点心好做吗？"他说："好做。关键是馅儿。就拿五仁馅来说吧，五仁包括：花生仁、核桃仁、葵花子仁、杏仁、芝麻仁。另外还要加些别的辅料，比如五仁月饼，除了上述五仁中，还要加青红丝、小冰糖块，咱们自己做自己吃就简单一点儿，再加一些蒸熟的干白面用香油和白糖拌好，加到馅里就行了。”我说：“酥皮怎么做？”刘伯伯说：“酥皮用两种面，一种是外皮面，是用温水加油和成的，三分油七分水；一种是内皮面，内皮是用纯油和成，先把外皮擀开，铺上内皮，包起再做成剂儿，这剂儿比饺子剂稍大一点儿，然后像包包子似的，把馅包好。按扁之后，再用一个完整的大料，蘸上调好的红食色，按在上面，就成了一朵小红花，最后在铛里烙熟就可以了。”稍后又说，“咱们在家自己做，简单点儿，要是到了点心铺可就复杂多了，也讲究多了，别的我就不说了，你有兴趣自己试试吧！至于月饼，我这儿有一个模子你看看。”说着拿出一个模子让我看，模子是枣红色的，上边是一个圆槽，里面是凸凹的花边和图案。下面是一个把。他说：“这个模子是枣木的，做月饼专用。只要把包好的月饼胚放进槽儿里一按，再搕出来就行了。”

事过多年，刘伯伯教我做的月饼和酥皮点心，我只做过有数的几次，毕竟做点心又费事又麻烦。想吃了到点心铺买点儿多省事。但不管怎么说，刘伯伯毕竟教了我一门手艺，想想还是不错了。

西屋住的黄二伯是个蹬三轮的，是一个憨厚的老实人。而黄二婶是一位家庭妇女，比较泼辣的那种。一儿一女，儿子崇良和我差不多大，我们经常在一起玩儿。不知是谁给他起了一个外号，叫“劳低”，整条胡同的小伙伴都这么叫他。那时我们那条胡同的孩子经常在一起玩儿，一起做游戏，什么弹球儿（玻璃球儿）、拍洋画儿、扇三角（烟盒）等，都非常开心。偶尔也发生一些矛盾，小孩儿之间打架的事儿也常有，而受气的一方就会跑到另一方的院门口，去告状，站在院门口，嘴里喊着：“瞧你们家 ××× 来哎！”××× 家长听见了赶忙跑出来处理此事，或拽过自己的孩子打上几下算完。

有一回，崇良和胡同的小七玩方宝，不知怎么就打了起来，小七吃了点亏，于是就跑到我们院门口告状：“瞧你们家劳低来哎！”黄二婶那时正在家里做饭，好像正在和面，于是扎着两只面手跑了出来，喊道：“谁管我们家崇良叫‘劳低’呢？别走，我饶不了你！”小七一看，吓得状也不告了，撒丫子就跑了。您说，多有意思！

另外还有一件事顺便跟您提一提，黄二伯家养了一只大黄猫，非常机灵，是个贼猫。过去老北京养猫的人家不少，黄二伯就是其一。为什么说是贼猫呢？夜里这只猫在胡同里蹿房越脊，时不时地往家叼东西，有时是肉，有时是大条的鱼，还有一回竟叼回来一只大烧鸡，蹲在房檐下，呜囔呜囔吃得真香。为了这些事，黄二伯伤透了脑筋，几次把猫装进麻袋，出城（广安门外）好远把它扔了。可是黄二伯还没到家，大黄猫到先回来了，您说多气人。这类的事发生了好几次，也没把猫扔掉。

像我也丢了好几回肉，大冬天的，快过年了，我在聚宝源买了三斤羊肉（7毛1一斤），那时没有冰箱，天儿挺冷，放在外面小棚儿里也坏不了。我把羊肉放在一个钢精锅里，盖上盖，盖上又压了一块大砖头，您猜怎么着？半夜听到咣啷一声响，我连衣服都没穿，开门伸头一看，得，肉没了。钢精锅也从窗台掉在了地上，您说多气人！

东屋里住的是万伯伯一家四口，万婶和一儿一女。万伯伯是天津人，可他在首钢上班。万伯伯当时40岁左右，个子不是很高，却是个精壮的汉子，脸上棱角分明，一身的腱子肉，很是精神，难怪，标准的工人阶级嘛！

1964年9月的一天，我们学校组织我们六年级学生到首钢去参观，首钢那时在广安门外。在首钢巨大的厂区内，我看见了首钢工人热火朝天工作的景象。这时大天车开过来了，我看见万伯伯身穿一身蓝色的工作服，头戴安全帽，脖子上围着白毛巾，脖子上还挂着一个哨儿，手里拿着一面小旗，精神抖擞地站在天车的踏板上，他看见了我，冲我招了招手，我觉得万伯伯真的很精神！

万伯伯还很风趣，有一天他在院里坐小板凳上，叫着我："来，小四，咱们做个游戏。"说着他拿出一副扑克牌，对我说："你随便抽一张，我用鼻子一闻，就知道是什么牌。"我不信，随手抽出一张递给他，他拿起来放在鼻子下一闻，说："是方块6。"说完，把牌翻过来一看，果然是方块6。我连抽了几张，他都准确无误地说了出来。我感到很奇怪，心想：这太神奇了，他是怎么闻出来的呢？事后我才发现，原来在他的板凳底下有一面立着的小镜子，我这才恍然大悟。

又有一次，我放学回家，万伯伯又叫住我，对我说："今天再猜。"我一看，万伯伯没坐板凳，是站着，看他怎么猜？可是我连抽几张牌，还是被他闻了出来，我心想，这又是怎么回事呢？我一看他穿的上衣工作服上面的小兜里，兜口被撑了起来。我伸头一看，原来是一块镜子的小碎片，我用手捂着他的兜，说："您再猜。"他冲我哈哈一笑，说："你真聪明。"

其实万伯伯才是聪明，在20世纪70年代，他自学医书，学习针灸和推拿，掌握了人身上的穴道，对医疗保健起了不少的作用。那时，我已经是青年人，他跟我闲聊时说起了这方面的话题，告诉我人身上的穴位，我哪儿懂呀，他伸手在我的胳膊上捏了两下，告诉我这是什么穴，我也没记住，但感觉胳膊上酸酸的、麻麻的。他认穴之准，真叫人佩服。

北屋住的是本院的房东李伯伯一家。说是房东，在二十世纪五六十年代，北京所有房屋都由北京房管所管理，所以李伯伯一家也没什么特殊的。李伯伯在铁路部门工作，常年在外地（宁夏石嘴山机务段），只是每年可享受国家的探亲假，才能回北京住一段时间。李大婶在教子胡同副食店的蔬菜组上班。他们家人口较多，除了李伯伯和李大婶，还有李爷爷、李奶奶，他们生有五子一女，分别是文奎、文才、文山、文明、文庆，最后生了一个老闺女文艳，视为掌上明珠。李家五兄弟自然也是同院的发小，经常在一块玩儿，没说的。

那时是困难时期，人口一多，吃饭吃菜就是大问题。人常说：半大小子，吃死老子。李家五兄弟也正在能吃的时候。好在李大婶在菜站上班，所以吃菜还是挺方便的。像一毛能买上半筐缺帮少叶的洋白菜，有十来棵，够吃几天的。一毛钱也能买上半筐有点毛病的茄子，也吃几天。可是连着几天老吃一种菜，谁都有烦的时候。一天傍晚，老三文山下班回来问李大婶："今天吃什么呀？我这儿饿着呢！"李大婶说："还能有什么！窝头，绿豆粥，独茄子。"老三说："您就会独独独，不会做别的？"

那么，什么是"独茄子"呢？反正菜谱上没有这道菜。我当时也不理解，事隔多年我才明白，"独茄子"其实就是凉拌茄子。具体做法如下：将茄子去皮去蒂，切成宽一点儿的条，放在一个盆里，再放入蒸锅蒸熟，拿出来晾一晾，然后去掉茄子里的水分，加上一些煮熟的青豆，然后放上葱花、姜末、细盐，最后在铁勺里放一点儿油，放在火上烧热之后，再放入几粒花椒，炸出香味，往茄子上一浇，刺啦一声，香味就出来了。拌好之后，放在盘里上桌即可。这种做法，在当时困难的情况下，非常实用，它既省油又好吃（那时每人每月只有凭票供应的半斤油）。按现在的说法，这"独茄子"现在吃又何尝不好呢？现在提倡健康生活，不要想天天吃大鱼大肉，要少油少糖少盐。"独茄子"多好，完全符合健康理念，您不妨常吃一些"独茄子"，既好吃，又健康，多好！

说了这么多，其实都是美好的回忆，像我提到的喜忠、崇良、李家五兄弟等都是同院发小。您可以想象，当时我们这个大杂院是多么的热闹呀！七户人家和睦相处。逢年过节，有时也不管什么节日不节日的，只要有点儿特殊的好吃的，同院的人都能尝到，大家共同享受。如果谁家洗衣裳晾在院中的铁丝上，您尽管去上班，下雨都不怕，自然有人给您收起来，您就放心吧！

如遇上大事儿，全院都帮忙，比如李爷爷那年无常（死亡）之后，全院的人都忙前忙后，什么买菜、做饭、炸油香等，大家全包了，直到丧事办完为止。像婚丧嫁娶的事，还有几起，我就不一一说了。

光阴似箭，日月如梭，几十年匆匆而过，现如今，牛街经过拆迁，小胡同没了，自然那些老街坊也不知搬到何处。可是他们的音容笑貌却永远留在我的脑海里，每当想起来，总是那么的温馨，那么的亲切，那么的令人难忘……

李玉刚伯伯

我说的李玉刚，可不是当今走红的反串名家李玉刚，而是我们院的老街坊，他比我大二十多岁，所以我管他叫李伯伯（发“掰”的音，我们回民都这么叫），他和名家李玉刚只是同名同姓而已。

我生长在北京宣武区牛街地区一条普通小胡同的大杂院里，这条胡同叫吴家桥四条，我们院是 5 号。而李玉刚伯伯就是这个院的房东，因为我是 1950 年生人，在我的记忆中，李伯伯一家和普通老百姓一样，和大家没什么区别。

牛街大家都知道，那是咱北京的回族聚集区，当时我们这个大杂院住着七八户人家，都是回民，李伯伯也不例外，纯正的穆斯林，回民。李伯伯在铁路部门工作，外勤，在宁夏石嘴山火车站机务段上班。但每年都能回北京住上一段时间，第一是有探亲假，第二是工作需要时。我和李伯伯有缘，还挺说得来。李伯伯是个乐观的人，他也有许多的特点。有一次我在他们家闲聊，他拿出相册让我看，里面全是老照片，都是黑白照，有的照片已经泛黄，看来是有些年头了。这些相片中李伯伯年轻时真可称得上是一个帅小伙。其中一张照片吸引着我，这是一张八寸的黑白照，照片上有两个京剧造型的人物，都穿着戏装，一个文人，一个武将。文人当然老生了，是诸葛亮。这个武将我认出来了，就是三国名将赵子龙的造型，这种造型在京剧中称作武生。我一细看，这不是李伯伯嘛，真够棒的！他对我说：“这是我 20 岁时和一个同事在大北照相馆照的，别看这套戏装挺旧的，也挺破，可是照出的照片一点儿也看不出来，还挺好看。”事后我想，李伯伯和许多老北京人一样，喜欢京剧，这就是他的一个特点吧！

20 世纪 70 年代，80 多岁的李爷爷无常（死亡）了，李伯伯从宁夏返京料理后事，全院的人一起帮忙，帮着炸油香、洗菜、择菜等，我也干一些杂事，如和老三文山一起去礼拜寺拉“埋体”（罩亡人之用）等。待完成到礼拜寺

"达整"洗礼等一系列程序，然后请阿訇念经（《古兰经》），最后送到坟地去安葬。安葬前要念下土经，李伯伯在安葬中跪在地上亲自念了下土经，这段经较长，李伯伯念得很真诚。我虽然听不懂，但在抑扬顿挫的诵经中，和礼拜寺里的阿訇念的一样。我心想，李伯伯的这些经文是跟谁学的呢？看来，李伯伯的教门真深呀！

前面说，我和李伯伯有缘，那就是这样，他在宁夏石嘴山火车站机务段工作，而我作为一名北京知青 1965 年到了宁夏生产建设兵团，十年后，也就是 1975 年，我走上了教育战线，当了一名小学教师，就在宁夏石嘴山矿务局机关小学任教，您说多巧，我和他又在一起了。有时休息日，我就到他那里去玩儿，李伯伯热情地招待我，我们爷俩一聊就没完，他跟我聊北京牛街的所见所闻、奇闻逸事、风土人情、美味饮食。这些谈话都深深地印在我的脑海里，以后在我的写作中，起到了不可忽视的作用。

李伯伯还是个美食家，有一次我到他那玩，他给我做了两个菜，一盘炮羊肉，一盘红焖土豆。这炮羊肉，主要配料就是羊肉和大葱。李伯伯跟我说："这炮羊肉其实很简单，一是配料，二是火候。羊肉最好用后腿肉，大葱切片，鲜姜切末。起油锅（锅热倒油），油热后倒入肉片，急炒几下，得变色后，放入大葱和姜末，再炒几下，放盐、酱油，最后再滴几滴醋，快速翻炒几下，然后出锅，即成。记住一定要快，这样羊肉炮出来才香才嫩。"

说完了炮羊肉，他又介绍红焖土豆，他说："这是个素菜，我告诉你怎么做，土豆洗净去皮，切成滚刀块备用。然后准备葱片、姜末，起油锅，锅里倒油，待油八分热时，放几个大料瓣，炸出香味，然后放入土豆块翻炒片刻，再放入葱片、姜末炒几下，再放盐、酱油，再加些水（水要漫过土豆），开后，拧成小火，顿上 5—10 分钟，直到酥软收汁，就成了。这个菜，其香如肉，非常好吃，你不妨自己试试。"

后来他又对我说："没有肉怎么办？你不妨把炮羊肉换成炮白菜，用白菜代替羊肉，注意刀功，选白菜四五片，去掉菜叶只留帮儿。洗净后用刀在案板上把菜帮切成片儿，就行了，要斜着切。炮的时候程序和炮羊肉一样，保证好吃！"葱炮白菜和红焖土豆，这两样素菜我经常做。少吃肉，多吃素，符合现在的健康理念。

在以后的日子里，我结婚生子，并在 1991 年返城回京，被分配在昌平区

（那时还是昌平县）史各庄中心小学继续任教。至此，我与李伯伯接触少了，直到失去联系。后来听说他已回到北京定居，我再也没看到他，这是后话。

回想起来，几十年匆匆而过，现在我已经退休，在家搞文学创作，每当想起李伯伯总觉得是那么亲切，他在我的心中永远是一个热爱生活的人，一个豁达的人，一个永远受人尊敬的人。

改敬礼其人

说起改敬礼，那可不是外人，他是我在牛街同院的老街坊，小名大同。

他的父母论辈分，我管他们叫二哥和二嫂，改敬礼也就自然成了小辈。他生于 1946 年 1 月，而我生于 1950 年 1 月，他比我整整大了四岁。常言说：萝卜不大，长在背（辈）上，因此，他也应该叫我一声“四伯”（发“掰”的音）呢，可他从来也没正经叫过我一声，由于怕引起尴尬，得了，不叫就不叫吧！

改敬礼兄弟姐妹一共七个，四男三女。他是老大，兄弟四人都很精神，而且都有本事，姐妹三个，个个都很漂亮。

这话要追溯到 20 世纪 70 年代初，那时我正上山下乡到了宁夏生产建设兵团，1970 年探亲假回京，改敬礼一家已搬到我们院。所以，我对改敬礼虽然了解得不够深，但是对他的基本情况还是有所了解的。

改敬礼那时还是个 20 多岁的小伙子，在昌平县酒厂工作，每天忙忙碌碌的跑车上下班，很是辛苦，可这也挡不住年轻好动的性格。改敬礼那时就对文学有所偏爱，他很擅长讲故事，而且讲得有声有色，常常吸引着同院的邻居。您想，我们那是个大杂院，一个院里住着七八户人家，听众自然不少。我听过他的故事就有好多个，如《林强海峡》《一次考试》《福尔摩斯探案选》等。他除了会讲故事，有时也自己写点东西，如小说之类的文章，可惜未见发表。闲来无事，他还画画儿、养点金鱼什么的，可见他的业余生活还是蛮丰富的。够得上一个老北京的范儿。1971 年的一天，我还让他在他们酒厂买回两瓶好酒“燕岭春”，白色瓷瓶装，3 块 6 一瓶，那酒真棒呀！又香又纯，还不上头，好喝极了，号称“小茅台”。那时昌平酒厂真出好酒，65 度“十三陵”牌的二锅头，享誉全北京，那酒冲，但很香，又有劲，深受广大北京人的喜爱，而且价格很便宜，才 1 块 7 一瓶，真实惠。

后来到了 20 世纪 80 年代初，他下海经商了，在牛街输入胡同一进口路南开了一个肉铺，经营清真牛羊肉。一天他找到我，跟我说这事，让我给他写一个牌匾，我那时已经当了一名小学美术教师，手下的功夫还是可以的。写美术字更是我的特长，写一块牌匾当然不在话下。写好之后，他非常满意，特意送我两瓶十三陵牌二锅头，我说什么都没要。您说，当伯伯的这点小事儿只不过是举手之劳，能要报酬吗？

转眼到了20世纪90年代后期，牛街进行了大规模的拆迁改造，改敬礼一家也从牛街搬到了大兴区，听说他在大兴开了一家古玩商店，字号“兴吾庐”，可我一直也没去过。就在此期间，改敬礼开始了文学创作，研究牛街的历史文化。直到2014年，我到牛街宣传部去开座谈会，在会议室我见到了改敬礼，会议之余，我与他交谈了许多，他对我说，他的《话说北京牛街》一书已基本定稿，不日就要出版。而我的散文集《牛街琐忆》一书，也即将由北京燕山出版社出版。他听后很是高兴，说等我们的书都出版了，互换一本，那是多么开心的事呀！

2014年的年底，我终于看到了改敬礼的大作《话说北京牛街》，这本书相当的好，书中详细地记录了牛街的方方面面，内容涉及了牛街的历史文化的发展，包括姓氏文化、饮食文化、商业文化、语言文化、民俗文化、宗教文化、胡同文化等方面的人文地理知识，还附有多张牛街的历史照片，使这本书显得更加珍贵了，这真是一本难得的好书啊！

我这篇文章，简单地说了一下改敬礼其人，与其说是其人，不如称他是一位“奇人”更为恰当！

漂亮的回族姑娘

常言说得好：爱美之心，人皆有之。

一道美丽的风景，一幅好看的画，一件精美的艺术品，一朵美丽的花儿，一只可爱的小动物，这些都能给人带来美感，都能使人心旷神怡，流连忘返。

说到人，更是如此，美丽的姑娘，漂亮的女人，都可以称为靓丽的风景，给人们带来美感，“回头率”这个词也就应运而生了。

在这里，我不说古代三十六计中的“美人计”中的美人，不说祸国殃民的妲己，也不说颇具影响的古代四大美人，而要说一说我们的回族姑娘。

说起回族姑娘，除了她们的勤劳、善良、热情、奔放，她们最大的特点就是“美”，也就是我们平常说的“好看”，用词汇来说就是“漂亮”，用现代语言就是“靓”，人称“美女”“美眉”是也。

我是50后，在我的记忆中，我们那条胡同里，就有许多漂亮的回族姑娘，就在我们院的界壁儿（旁边），住着铁大伯一家，铁大伯有三个儿子四个女儿。三个儿子都是很帅的小伙，四个女儿更是漂亮，她们分别是月梅、月蓉、月莲、月兰，其中老三月莲更是美如天仙（关于“月莲”我有一篇散文，专门写她的故事，已发表）。现摘录其中一段我描写月莲的文字，请读者欣赏：“她的脸蛋圆圆的，黑黑的眉毛又浓又长，一双大大的眼睛像两颗黑亮的葡萄，一眨一眨的，别提多好看了。她特别爱笑，只要她一笑就露出两排洁白整齐的牙齿，真是美丽极了。她的皮肤很白，尤其是脸上的皮肤，像瓷一样光洁，脸蛋又隐隐透出健康的粉红色，看起来吹弹可破，美丽异常。”我的这支拙笔无法将月莲描写得更美，上面的那段话，只是说出了我对月莲的印象而已。

20世纪70年代，我们的大杂院又搬来两户新邻居，一家姓改，即牛街草根作者改敬礼（著有《话说北京牛街》一书）的一家人。改敬礼兄弟姐妹七人，四男三女，他是老大，他家的三个女孩分别是：娟子、大萍、大君。三个女孩都很漂亮，最漂亮的是老三大君，一双美丽的大眼睛好像都会说话，真是人见人爱。另一家姓代，代大伯一家养育八个子女，其中兄弟三人，姐妹五人。这五个女儿可称得上是五朵金花，她们分别是：连华、连俊、连凤、连美、连翠，五个姑娘一个比一个漂亮。这其中以老三连凤最漂亮，白白的皮肤，圆圆的脸盘，弯弯的眉毛，大大的眼睛，一笑两酒窝，别提多好看了！

在我们那儿，有一种说法叫“逢三必猴”，又称为“猴三”，意思是说，谁家有众多的女儿，往往老三最漂亮，也最聪明。如我提到的月莲、大君、连凤，都是行三，您说巧不巧？可能这是天意，必然如此，她们真漂亮啊！

说到回族姑娘美的话题，我简单跟您说一说，现如今我住在昌平，每年的春节我都去牛街去看望哥哥姐姐们，兄弟姐妹在一起聚一聚，在祥和的气氛里，闲谈中往往涉及这个话题，大姐总是说：“瞧咱们陈家门的孩子，一个个都那么好看，眉是眉眼是眼的，回民的孩子就是漂亮。”

如果说大姐说的有点“老王卖瓜，自卖自夸”的意思，那我再说一事：2014年的“开斋节”，我到昌平清真寺去参加活动，在寺里遇见了一位女士，此女士端庄大方，相貌周正，可称是一位大美女，无意之中聊起来，她知道我是牛街人很是高兴，聊着聊着就聊到了回族姑娘这个话题上，她说：“咱们回民的孩子，不论男孩还是女孩都那么漂亮，我女儿今年18岁了，正在上大学，被称为校花，您说漂亮不漂亮？”

最近我认识了一位老先生，也姓陈，叫陈文玺。这位陈老先生也是一位老北京人，对于老北京的风土人情、人文地理了解得真是透彻。说起老北京过去的买卖店铺、街道小胡同，都是一套一套的。我在他那儿学到了不少的知识，对我的写作起了极大的帮助。在我与他的谈话中，也谈到了这个话题，他说：“我虽然不是回民，但我很了解回民里的规矩和事儿，不知道的人以为我就是回民呢。我发现回民的孩子，尤其是回民的女儿，都非常的干净、漂亮，我想，原因第一是遗传，第二也是最主要的，回民干净，经常到清真寺去做礼拜，还要认真地冲洗（洗礼），造就了他们圣洁的光辉，所以他们必然的漂亮。”

在昌平我有幸结识了一位回族姑娘金玲，她虽然已人到中年，但是她是美丽异常的。她不高不矮的个子，不胖不瘦的身材，显得很匀称。脸上看，弯弯的眉毛下一双大眼睛，亮晶晶的，显得非常的有神。她的嘴长得最好看，红润润的，不厚不薄，就像一朵菱花（她从不擦口红）。她特别爱笑，一笑就露出一排整齐洁白的牙齿，再配上她那一头的长发（平常她的发型就扎一个马尾式），真是美丽极了。

作为一个回族姑娘，她对自己的民族特别钟爱，她经常去寺里（昌平清真寺）去洗礼和做礼拜。如果赶上回民的节日，如开斋节、古尔邦节等，她更是忙得厉害，帮助寺里干很多的活儿。起早贪黑地忙碌着，光炸油香（一种回族食品）一项就够她忙上好一阵子，平日里如果寺里有什么事，她总是随叫随到，而且把事情还做得非常好，像她这样的回族姑娘已经不常见了。

我以上说的漂亮的回族姑娘，大都在二十世纪的五六十年代，那个时代生活比较困难，而她们从不化妆，顶多买点儿雪花膏、蛤蜊油之类的廉价化妆品。所以她们的美是纯朴的、真实的，来自自然之美，绝对不带任何虚伪的夸张，这才是大爱之美！

说说北京人穿着打扮的那些事

在咱北京有许多关于衣裳的老话，什么“人配衣裳马配鞍”“嫁汉嫁汉，穿衣吃饭”“衣来伸手，饭来张口”等，我就不多说了。反正这些话都说出了穿衣的重要性。

衣服的作用不用我说大家都知道，一是遮体，二是保暖，在这些基础上，第三就是美观了。

我是一个老北京人，而且还是新中国的同龄人。远的不说，单从我记事的时候起，说一说咱北京胡同中人的穿衣打扮吧。

在 20 世纪 50 年代，人们的穿着还比较陈旧，男士（老头儿）一般穿的是对襟上衣，纽袢（布做的纽扣）在中间。这叫袄，也叫褂子。分单褂、夹袄、棉袄。妇女（老太太）穿的大襟袄，纽袢在旁边。颜色有黑、蓝、灰、棕等。裤子是缅裆的，单裤、夹裤、棉裤都是如此。别看不好看，但穿上很舒服。冬天，在脚部的裤口还扎上一条布带子，一点风都不透，非常暖和。

上班族则不同了，这里包括文职的工作人员，如在政府部门工作的人员、教师、医生等，还有普通工厂里的工人。如果一个中年男士身穿一身笔挺的中山装，脚下一双三接头的皮鞋，显得既稳健又精神。而年轻的小伙子和漂亮的姑娘们开始追求美了，注意打扮自己，北京人管这叫捯饬，使自己帅气、漂亮。在胡同里会经常看到小伙穿的小翻领夹克装，三个兜的青年装，还有个别穿的是西装（太少了）。非常的精神帅气。姑娘们穿的一种叫“列宁装”的制服，双排扣，带掐腰，下边有两个斜插兜。穿在女同志身上非常的合体合身，显得既干练精神，又苗条漂亮。

到了夏天，一种叫作“布拉吉”的裙子开始在北京的大街小巷里大肆流行。这种布拉吉是用颜色鲜艳花色美观好看的布料做的一种裙子，小女孩穿的是有蝴蝶结和两条宽背带的童装裙。姑娘们穿的是有皱褶泡泡袖的连衣裙，穿上后十分的新颖且美观大方，漂亮极了！

到了20世纪60年代初，北京的胡同里又流行一种叫“人造棉”的面料，这种面料薄衬，风一吹就抖动，像水波纹一样。而且颜色非常鲜艳，适合做夏天的服装，如衬衣、裤子、女式的裙子等，穿在身上既凉爽又飘逸，非常好看。那时还流行这样一句话：“花钱不多，哆里哆嗦。”说的就是人造棉。那时每人每年的布票是限量的，而“人造棉”不要布票，这就给爱美的人解决了一大难题。

20世纪60年代中叶之后，大家都穿“人民装”。男女一律都是制服，而颜色仅限于蓝、黑、灰这几种，别的甭想。可能是对解放军的热爱，“国防绿”制服在年轻人中很流行。那时的国防绿制服都是仿制的。如果谁能穿上真正的“国防绿”那才是最“牛”不过了。

20世纪70年代初，什么风也挡不住人们的爱美之心，尤其是年轻人。那时一种叫“的确良”的布料悄然兴起，夏天用来做衬衣非常不错。男士的衬衣也不仅限于白色，而是增加了淡蓝、淡黄、淡青的颜色。女士有淡粉、淡红、淡绿、花色等色彩。做出的衬衣真是漂亮，做出的裤子也挺实、好看。

那时在青年人之间，还流行一种叫“白边懒”的布鞋，黑色的鞋面，松紧口，而鞋底的包边是白色的，非常好看。而北京出的布鞋都是黑边儿，没有白边的。要说这“白边懒”还是上海制作的最好，样式美观、轻巧。许多人都想办法去淘换，或托人从上海带回来。没辙的人也有办法，就拿我们胡同的二宝来说吧，他跟我说：“哥们儿，你瞧，我这双白边懒怎么样？这是我从药铺买了一卷白胶布粘上去的。”嘿，他还真有招儿，逗得我们大伙那个乐呀！

说到鞋，也顺便说说塑料凉鞋。那时候绝大部分的人都穿这种鞋，因为它经济实惠。像年轻人和半大孩子们都光脚丫子穿它，晴天穿它凉快，雨天穿它蹚雨，脏了到水管子一冲就齐活，您说多方便。

到了20世纪70年代末期，凉鞋又有创新，发明了一种叫“珠光塑料”凉鞋，这种凉鞋颜色鲜艳，有月白色、粉红色、湖蓝色、果绿色等，光闪闪像珍珠一样，很受姑娘们的喜欢，穿上它脚丫子显得真好看。

男鞋也有新品种，创出了一种软塑料，叫“泡沫塑料”凉鞋，穿上以后柔软舒适，再也不磨脚了。

秋冬的季节，人们的追求又高了一层，中山服不单是棉布的了，而是出了一种新产品，叫“尼龙华达呢”。这种布料像毛料一样，但比毛料便宜得多。做出来的制服笔挺豪华，穿在身上真有“派”。这种布料有一个缺点，洗的时候会变硬，洗起来挺费劲。因为平时舍不得穿，所以洗的次数很少。冬天穿的制服也有创新，有的人开始瞄上了呢子制服。这种呢子制服，既笔挺，又厚实、暖和，穿在身上挺有“派”，真叫一个帅气。20 世纪 70 年代末，我也曾在前门服装店买过一件海军呢中山装，穿了十几年，真是漂亮。

说到呢子制服，不能不说说雪花呢大衣。当时这种大衣男款女款都有，黑色中带有隐隐约约的白点，又厚实又保暖，是当时最时髦的一种服装了，是男女青年梦寐以求的东西。那时在王府井百货大楼、西单商场、大栅栏百货商店及北京其他的大型商场都有卖的。不过挺贵，百十块左右。那时，一个学徒工一个月才挣 18 块钱。有的工人一个月挣 40 多块钱要养活一大家子人。有的个别老工人一个月挣 80 多块钱，都让人非常羡慕，啊！挣这么多呀！所以，要想买一件雪花呢大衣，就得勒紧裤腰带，从牙缝里刮钱。攒了近一年，才买上一件大衣，高兴得睡不着觉。

常言说：脚下没鞋穷半截。这话一点不假。

当时北京流行一款棉皮鞋，叫“校官靴”。我不知道它为什么叫“校官靴”，但这款皮靴相当好。它是用牛皮制成，锃亮，胶底，靴口两边带松紧，样式非常美观，既显得秀气，还特别暖和。我曾在菜市口百货商场买过一双校官靴，花了 25 块钱，整整穿了 30 年。

除了校官靴，当时还流行一种“羊剪绒”的棉帽，那种帽子非常美观、漂亮。用北京话说：是样儿。买一顶也得好几十块钱。当时还流行皮手套，羊皮的，柔软、舒适、漂亮。买一双也得十多块。另外还有毛线织的大围脖，就像是《红灯记》中李玉和围的那种。买一条也得 10 块钱左右。这些东西要买全了，你就得省吃俭用，从牙缝里刮，才能买上。

如果你再想买一辆大链套自行车，永久、飞鸽、凤凰哪种牌子都行。再买一块高字平盘的全钢手表，上海牌、北京牌都可以，那你可太牛了。连搞对象都不发愁。不过，自行车要一百五六十块，手表也得 120 块。还不好买呢，属于紧俏商品，要票。如果要都置办齐了，没有两三年的“艰苦奋斗”别想！

转眼进入了20世纪80年代，在北京出现了“个体户”。有人从广州弄来了服装、电子手表等稀罕物，在北京风靡一时。因此，一些新型的服装出现了，“喇叭裤”就是其中的一种。这种裤子上部比较紧，膝盖以下逐渐变肥，到了裤口足有一尺肥大，像喇叭一样，所以叫作“喇叭裤”。而且由过去单一的颜色黑、蓝、灰演变成了多颜色，如咖啡色、驼色、米色等。女款的暗红色、棕色带暗格等也相应而出，很受姑娘、小伙子们的喜爱。

在这个基础上，有的人又有创新，认为喇叭裤口太肥，有些邋遢。因此加以改造，变成整条裤腿一个尺寸，这种裤子称为“筒裤”。这种筒裤姑娘们穿上它特别好看。夏天，姑娘由于腿长，上身穿一件蓬绨纱的短袖衬衣，下身穿一条筒裤，把上衣放在裤子里面，颜色上搭配也要合理，再穿上一双高跟凉鞋，肉丝袜子，还有那像瀑布一样的披肩长发，嘿！您再看这姑娘要多美有多美，真称得上是“窈窕淑女赛天仙”了。站在那里，亭亭玉立，楚楚动人。

20世纪90年代，开始有了“万元户”之说，人们忙着挣钱，因此穿西装的人也就多了起来。在商店高档的、中低档的应有尽有，可供您适当选择。穿西装要打领带，还必须穿皮鞋才是样儿。你总不能穿一身西装，脚下穿一双布鞋吧！不伦不类的多难看。所以有的人不买整身的西装，只买一件西装上衣，再配上一条其他颜色的西裤，不用系领带，也可以不扣衣扣，显得很潇洒。

在这个基础上，休闲装应运而出，这种服装有点像夹克衫，但又不完全是。小翻领，没有衣扣，只有一条拉链。尤其是春秋季节，男士穿它更精神。一条西裤，白衬衣放在裤子里，休闲装穿在外面，可以不拉拉锁，非常的飘逸好看。

在颜色上休闲装也很丰富，如银灰色、驼黄色、浅米色、咖啡色等。往后又往鲜艳色调发展，出现了红色的休闲装，如深红、紫红、枣红、铁锈红等。不单小青年爱穿，中老年人也爱穿，真的在当时很新颖、很漂亮。

不知从什么时候起，在北京唐装开始流行起来。顾名思义，唐装是根据我国唐代服装改变而来，用料讲究，鲜艳丝滑，图案古朴，很受人们的欢迎。可是，这种唐装在北京只是昙花一现，没几年就消失了。

从新千年至今，北京人的生活起了巨大的变化。您再到北京的大街小巷去看看，各种各样的服装应有尽有，各个年龄段的人可根据自己的要求和喜好尽情选择。人们再也不用为吃喝穿发愁了。这真是：改革开放生活好，吃穿不愁乐陶陶。万众一心跟党走，团结一心奔小康！

说说咱北京的公交车

我是一个老北京人，同时也是新中国的同龄人，祖居在宣武区的牛街。在这儿，我就根据自己的记忆跟您聊聊咱北京60多年的公交车。

在我儿时，也就是二十世纪五六十年代，那时公交车不叫公交车，叫公共汽车，是咱老百姓最喜欢的交通工具。因为它方便，票价便宜，所以人们出行都选乘公共汽车。

在我的记忆中，在咱北京，也就是20世纪50年代，公交车有两种，一种是有轨电车，就是马路上有两条钢轨道，有点儿像火车的轨道，但又不完全是，北京人都叫它“铛铛车”。它有一节或两节的车厢，坐在里面很平稳，里面是木制的长条座椅，在车上沿途能看到两边的街景，还不时听到悦耳叮当响的车铃声。我儿时也坐过几次，都是跟老妈去坐的。而这种有轨电车到了60年代初就没有了，取而代之的是无轨电车。而马路上的轨道也由地上飞在了天上，变成了两根天线，而汽车的两条天线像触角一样，接触上它，汽车就跑起来了。

这种无轨电车在北京有许多条线路，我最熟悉的莫过于109路了。这条运行线路，始发站是宣武区的广安门，终点站是朝阳区的东大桥。途经牛街、菜市口、宣武门、西单、西四、北海，一直往东扎，经朝阳门，最后到达东大桥。我为什么熟悉呢？您瞧，我不是跟您说了嘛，我是牛街人哪，年轻的时候逛西单商场，去西单菜市场买东西，到北海公园去玩儿，不是都得坐109无轨电车嘛！

说完了电车，再跟您说说公共汽车。新中国成立初期，也就是20世纪50年代，北京的公共汽车比较小，车头还有一个“大鼻子”，自然，车厢里也乘不了多少人。到了50年代末60年代初，公共汽车变大了，也没有大鼻子了，可是在车顶上有一个黑色的大气包。当时我还很小，不知道为什么，听大人说那是煤气包，代替汽油当燃料，汽车才能跑。再往后进入60年代，大气包才逐渐没了，变成了宽敞漂亮的公共汽车了。车厢也由单厢变成了双厢。路线也多了起来，比如人们熟悉的大1路，从八王坟到公主坟。奔跑在长安街上，那是最牛的一路车。而我最熟悉的莫过于10路公共汽车了，它由南菜园发车，途经白纸坊、南樱桃园、牛街南口、礼拜寺、牛街北口，奔长椿街、民族宫、西单，经天安门广场，到东单，最后到达终点站北京站（火车站）。如有人问：为什么这么熟悉？您又忘了，我是牛街人，10路就在我家门口，能不熟悉吗？

说完了汽车，不能不说说车票。那时乘公共汽车非常便宜，就拿109路无轨电车来说吧，票价分别为5分、1毛、1毛5、2毛，也就是说您从广安门上车到终点站东大桥只要2毛钱就够了。那时我每次去西单玩儿或购物，从牛街上车，到西单，也就1毛钱，不怕您笑话，就这还舍不得坐1毛钱的车，大部分都是坐"11路"，也就是两条腿走着去。您还别不信，和我年岁相当的北京人差不多都有这方面的经历。

说起汽车票也挺有意思，售票员左手拿一个小板夹子，上面有四沓车票，右手拿一支红、蓝铅笔，笔上还捆着一根猴皮筋，卖票时用红铅笔一划，用皮筋一搓就行了。车票分别为红、绿、黄、蓝颜色，自然是分别为5分、1毛、1毛5、2毛，而且票面窄而小，也就有2厘米宽，6厘米长。因此拿在手里很容易丢失。所以北京人也就习惯把它粘在嘴唇上，这样既不丢失，也让售票员看得见，自己是买了车票的。您说有点意思吧！

按现在人们的意识，如果哪位从那时就开始收藏汽车票，到现在也成为一名收藏家了！

那时还有一种车票不能不说，那就是月票。

月票，就是一个月买一次。有了月票真是方便，在这一个月之内，北京市所有的公共汽车、无轨电车随便坐，下车时掏出来往售票员眼前一晃就下车，那感觉真的很爽，牛！

月票价格也有不同，如学生月票一个月2块钱，成人月票贵一些，要3块钱，这是普通票，郊区月票单线就贵一点儿，要3块5。而通用月票最贵，要5块钱。也就是说，你只要买了通用月票，在北京不论是市区还是郊区，随便坐，那才是最牛的。

不瞒您说，我至今还保留着一张汽车月票，是2005年7月份的，上面有我年轻时的照片，还有好几个月票戳，挺珍贵的，没舍得扔，现在也成了收藏品了吧。

随着时间的推移，北京人的出行也发生了很大的变化，自改革开放后，20世纪80年代开始，人们有了“打的”的意识，到了90年代初，就有了“小公共”之说，那时黄色的面的在北京形成了一道风景线，可是后来越来越多，最后被取缔，90年代末新的车型代替了它。随着人民生活水平的大幅度提高，生活越来越好，私家轿车也进入平常百姓家，而且样式越来越新颖，颜色越来越鲜艳，功能越来越强，给人们带来了满足感与优越感。

随着车辆越来越多，新的问题出现了，马路虽然越变越宽，可是堵车现象时有发生。您如果有急事，一旦堵车，您就是急死也没用。再有就是停车难，您想购物或者办事儿，找不着车位，您说多急人，还冒着被罚款被扣分的风险，您说多闹心。

不说这闹心的事儿了，我主要说的是公交车，还是说公交车吧。不知从什么时候起，公共汽车不叫公共汽车，叫公交车了，月票也退出了市场，现在上车刷卡，下车刷卡，多方便。车也变得更宽敞明亮了，大街上还出现了双层大公交车，真时尚！

我现在住在昌平，要接长不短上牛街，去看望那里的老哥哥老姐姐们，还馋那里的小吃。每次去我都选用公交车，先从昌平坐345路快车到德胜门，再从德胜门坐5路直达牛街。

在这儿就跟您说说5路上的事。这5路公交车在北京可以说是一条热线，它是由北土城到菜户营的一条线路，中途要经过好几个景点和景区，如德胜门、鼓楼、地安门大街（路东是南锣鼓巷，路西是烟袋斜街、火神庙、什刹海），再往前走到西板桥，路东是景山公园，路西是北海公园，再往前走就到了中山公园和天安门广场，再往前走就到了前门、大栅栏，然后经板章路往西，经虎坊桥、菜市口、牛街，最后才经过广安门到达菜户营。您瞧，这一路上够热闹的吧！所以，这5路车上人特别多，净是老头儿、老太太，而外地人占了绝大部分。也难说，来北京一趟谁不想看看天安门呢！

就在前几天，我去牛街办事，又坐5路公交，车上照样人多，两名售票员嘴里就没停过，还有两名公交协管都在忙着。要说咱北京的售票员就是棒，我很早就知道了劳动模范李素丽。而今天，我遇见的售票员也很棒，从他们身上我看到了李素丽的精神，他们热情地对待每一名乘客，如帮助老弱病残找座位，疏导乘客，忙个不停。为方便乘客坐着，他们还在车上的突出部位铺上毯子，想得真周到。更可贵的是，在板章路站，车门已经关上，司机已启动车走了两步，这时车外马路上一名女乘客跑来，敲响了车门，售票员马上让司机停车、开门，让那名女乘客上来，女乘客上车后一个劲儿地道谢，而售票员只说："不用谢，这是我们应该做的。"如果是一次，我认为是偶然，可车到了天安门广场西站，又发生了同样的一幕，只不过是由一位女乘客变成了男乘客。还有一幕让人感动，在前门站，本来车上人就多，这时又上来一大批人，其中还有一个老太太，还有一辆折叠的残疾车，愣是让售票员和协管的小伙子给扶上了车。我心里真是感动，多好的售票员呀！多好的协管小伙子呀！我虽然不知道他们的姓名，但我抬眼看到了他们的车号：90417464。我要为他们点一个大大的赞！

可是近年来，北京的雾霾越来越严重，专家说这和车多有关，这不能不引起人们的重视。

所以，出行最好还是选坐公交，这也是您为环保做出了应有的贡献，何乐而不为呢！

北京的枣树

北京，中华古都，风水宝地，古朴秀丽，景色宜人。

人真是越老越怀旧，有关儿时的美好话题很多很多，我跟您聊点儿什么呢？思来想去，就跟您说说咱北京的树吧。

如果说，水是生命之源，那绝对没错。如果说，树是生命之友，那也绝对的对！

在咱们北京，树真的很多。记得小时候到景山公园去玩，登上景山最高的亭子向南俯瞰北京，眼前是金碧辉煌的故宫，往远处看就是北京的大街小巷了。而这些建筑，都镶嵌在绿荫之中。

北京的树种类很多，在我的印象中，除了各大公园里的松柏杨柳之外，我最熟悉的莫过于生长在我们胡同里和各家院子里的树了。它们以榆树、槐树、枣树、椿树为多，另外还有一些杂七杂八的树，我也叫不上名来，反正挺多的。

这么多的树，其中枣树给我的印象最深。过去，在北京居民的院中，凡是有点儿空地的地方，都会栽上一两棵树，在这些树中，枣树占了很大的比重。就拿牛街来说吧，有关枣的街道和胡同就有好几条，如牛街南口往西的一条街叫枣林前街。从白广路到牛街有一条斜街叫枣林斜街。此外还有枣林后街、枣林西街等。而给我印象最深的枣树有两处，使我至今难忘。

先说第一处。

我的小学生涯是在宣武区的广安门内大街第一小学度过的。

我有个小学同学叫金志海，因为长着一头黄头发，外号“黄毛”。他家住在牛街的路东寿刘胡同里面，是一个小四合院。房子相当讲究，三间大北屋，东西厢房配套，青砖到顶，前出廊，后出厦，明窗照脊，真漂亮。院子不太大，都是青色的方砖墁地，很是光亮整洁。最抢眼的就是院中那棵枣树了。这棵枣树长得很高大，也很粗壮，枝繁叶茂，充满了生机。

由于去的次数多了，因此就对这棵枣树有了更多的了解。当春风吹来的时候，枣树悄悄地吐出了新芽，一场春雨，新芽慢慢地展开，变成了小嫩叶，随着嫩叶的舒展，不经意间，小米粒似的金黄色的花苞便挤满了一条条叶茎枝条。仿佛一夜之间，小花开了，散发着甜香，充满了整个院落，惹得蜜蜂嗡嗡地飞来飞去。

到了盛夏，枣树繁茂的枝叶像给小院撑起了一把大伞。树下的阴凉为人们提供了休息、乘凉的好场所。而树上的枣还是青青的、小小的，一嘟噜一串串地挂在枝头。

当秋风吹来的时候，赶走了既漫长又闷热的盛夏。枣树上的枣也长大了，青里透红的大枣压弯了枝条，有的还上了房顶。10月初的一天，我又去了金志海的家，那天正赶上他家打枣，他悄悄地跟我说："你真有福气，今天我们家打枣。"这时，同院的街坊们都出来了。金伯伯拿着一根大竹竿，往树上一打，大枣就像下雹子一样噼噼啪啪地落了下来，把砖地砸的砰砰直响，人们纷纷抢捡落下来的大枣。我也捡到了好几个，其中的一个比鸡蛋还大，我心里真是高兴。这个枣装在兜儿里舍不得吃，直到第二天才吃掉。在那物质贫乏的年代，能吃上几个大枣也是一种奢望。

再说第二处。

我大姨家住在糖房胡同中段，紧挨着宛记小铺。大姨家的院中还有一个另外的院，我们称它是院中院。这个院里就住着一户人家，主人姓鲁。鲁家大婶个子高大，白白净净，慈眉善目，待人非常和蔼可亲。她家有四个子女，二男二女，真是男孩帅气，女孩漂亮。老四是个男孩，叫祥子，和我差不多大。我11岁那年，10月初的一天，大姨带我去鲁婶家串门儿，我是第一次去鲁婶家，小院不大，除了四间北屋、两间西屋外，在院子里的空地上竟种着七八棵枣树，非常的抢眼，给人一种苍劲朴拙、坚实耿介之美。可能是我当时年纪小的原因，在我的眼里，这七八棵枣树都有碗口粗细，显得很高很大。可贵的是，树上挂满了大枣，这枣有的已经红了，还有的半白半红，一颗颗一串串很是好看。七八棵枣树挤在不大的院子里就像是使人进入了枣树林，既朴实，又壮观。

这时，我随大姨进了屋里，落座之后，老姐俩亲密地唠起了家常。鲁婶也认识我，只是不是很熟悉。毕竟我们家和鲁婶家隔着两条胡同。鲁婶这时端来一个大海碗，里面满满地装着大枣，对我说："吃吧，昨天才打的。"我拿起一个枣一看，这枣不小，比一个成人的拇指还大，中间粗，两头略细，放在嘴里一咬，嘎巴一声脆响，细细品味，这枣真甜呀！后来我才知道，这种枣叫尜尜枣。那天我连吃了四五个。临走的时候，鲁婶把碗里的枣塞进我的兜里，直到把兜装得满满的。

打那以后，我认识了祥子，接长不短地找他去玩，没别的，就是馋他家的枣。现在想起来，还是那么甜蜜。

匆匆几十年过去了，如今的牛街起了翻天覆地的变化，老街、小胡同都不见了，盖起了现代化的高楼大厦。自然，那些树也随之不见了。我有时自问：你们都去了哪儿了？没有得到回答。而那大枣的味道，只能停留在记忆里，令人回味……

说说胡同里的“话匣子”

什么是“话匣子”？这是北京人的叫法，其实就是收音机。

在那金色美好的童年，留下了我许多生动有趣的回忆。别的不说，单说胡同里的“话匣子”就给我留下了许多的乐趣。

我们住的那个大杂院，住着七八户人家，从早到晚热闹非凡。院子本来就不大，又住了那么多的人，能不热闹吗？虽然人多，但邻里之间相互照应，相互帮助，相互尊重，相处得非常和谐。

说起收音机，也就是“话匣子”，在咱北京可以说是紧俏商品，不是家家都有，像我们这个院中，才有两台。一台是我们家界壁儿的杨老伯有一台，再有就是北屋的房东李伯伯家有一台。

我说的是二十世纪五六十年代的事。那时，没有电视，而收音机就成了老百姓首选的娱乐工具了。牛街的小胡同一般比较窄，也很密集，如果你走在胡同中，就在无意之间能听到收音机里播出节目的声音。就拿我们那个大杂院来说吧，院子不大，所以只要杨伯伯一开收音机，全院都能听见。我从小就从收音机里获得很多的乐趣。尤其是夏天，北京的天儿真够热的，再加上房屋矮小，人们普遍都到院中或胡同里乘凉。吃饭的时候，都在院子里，家家都把炕桌子放到院子里，坐在小板凳上，吃饭、喝茶、聊天。其乐融融，真的很不错。

收音机里不时传出优美的西皮、二黄的京剧唱腔，马连良的《借东风》、谭富英的《空城计》、裘盛戎的《铡美案》、袁世海的《野猪林》、梅兰芳的《贵妃醉酒》等，真称得上是京剧中的上品，棒极了！让喜欢京剧的人过足了戏瘾。

还有那侯宝林、郭启儒说的相声《夜行记》逗得您前仰后合，李润杰的快板书《劫刑车》听起来有滋有味。还有什么“单弦”“山东快书”“京韵大鼓”

等曲艺艺术，也给人们带来无限的乐趣。

我当时还是个孩子，上学也比较晚，1958年才上小学一年级。上学之后，对收音机的儿童节目特别感兴趣。当时北京人民广播电台有个少儿节目叫“小喇叭”，每当听到“嗒嘀嗒，嗒嘀嗒，小喇叭开始广播啦”，就坐在收音机前不想动。儿童节目丰富多彩，而我和大多数孩子一样最喜欢听孙敬修爷爷讲故事，什么《一条扁担睡仨人》《大红马》《神笔马良》等许多好听的故事，最上瘾的还是孙敬修爷爷讲《西游记》的故事，真是好听极了！

评剧是咱北京人喜欢的一个剧种，尤其新中国成立后，评剧推出了几出现代戏，很受人们的欢迎，如《刘巧儿》《小女婿》等。20世纪60年代初期，评剧界出现了一位新人——马泰。他的唱腔浑厚、明亮，委婉动听。在新戏《夺印》中，他扮演的是党支部书记何文进，一炮走红，马上红遍了大江南北。当时的评剧编剧们相当给力，在短短的几年内推出了一系列的新戏，如《夺印》《向阳商店》《金沙江畔》《野火春风斗古城》《李双双》《红色联络站》《会计姑娘》《千万不要忘记》《南海长城》等，在这些戏中，都有马泰的精彩演唱，深受广大人民群众的欢迎和喜爱，因此，在全国推起了一个评剧高潮。人们嘴里哼的、嘴里说的都和评剧有关。于是人们记住了他们的名字：魏荣元、马泰、陈少舫、张德福、喜彩莲、花月仙、小白玉霜、新凤霞、李忆兰、赵丽蓉等一大批评剧名人大腕，真可谓是深入人心。

1962年5月里的一天，我还在院子的门道里写作业，我的同学于得水来到我家找我，他对我说：“明天话匣子里由马泰教唱评剧《夺印》中的‘劝广清’一段，你学不学？”我一听，高兴地对他说：“学呀，几点？”他告诉了我时间。第二天，我跟杨老伯说好，让他准时开收音机。杨老伯笑着对我说：“我还要上班，我跟你老婶说好了，让她准时给你放。”就这样，我学会了第一段评剧《夺印》选段“劝广清”。那年的“六一”，在学校的联欢会上，我清唱了这段评剧，得到了师生的一致好评。

打那以后，我越发不可收拾，学会了马泰的许多唱腔，使我受益匪浅。到现在，几十年匆匆而过，可我对评剧还是喜爱，还参加了老年评剧队。还时不时地到乡下去演出，过上一把戏瘾，真的很不错！

还是说20世纪60年代初期吧，那时的收音机里，每天都播放评书节目，每天两次，中午12点一次，晚上6点重播。在那时，评书也成了人们平时的一份重要的“精神大餐”，每天必听。因此，也记住评书大师的名字：袁阔成。袁先生的《三国演义》说得好，殊不知，袁先生的现代评书也说得非常棒。他说的《烈火金钢》，有声有色，生龙活现，非常的生动好听。如评书一开始就讲了“史更新一弹突围”，就一下抓住了听众的心。再往下听更是精彩，什么“飞行员大闹县城”“丁尚武大刀炮楼救妇女”等，听得既紧张又兴奋。可以说在那时我听过的评书除了《烈火金钢》外，还听过《敌后武工队》《平原枪声》《野火春风斗古城》《林海雪原》《红岩》等。那时，我在广安门内大街第一小学上学，中午放学后，赶紧往家跑，没别的，就惦记着听12点播出的评书，真是听了上段想听下段。如果说中午有特殊情况没听到，下午的重播必须听到。

我这个人比较聪明，从小就有模仿能力，而且记忆力非常好。比如中午听过的评书，下午去学校给同学们去讲，基本上不走样，把他们都听傻了！

匆匆几十年过去了，收音机时代也过去了。现在的平板大电视和高科技的电脑，都已进入平常百姓家。就拿电视节目来说吧，频道众多，想看哪个看哪个，可我总觉得跟小时候的“话匣子”比起来缺点儿什么。缺点儿什么呢？自己也说不清，就觉得没那么实在、那么专一。

说到底我觉得缺少的是那种胡同中的气氛和邻里之间的那种亲情。您觉得呢？

下辑

闲情偶记

好歌伴随我人生

歌声是人们生活中不可缺少的精神食粮，歌声是在创业中不可缺少的精神支柱，歌声是激发人们奋发向上的号角，歌声是对美好人生的向往。

我喜欢音乐，喜欢歌声，更喜欢唱歌。

我是祖国的同龄人，生在新社会，长在红旗下，对共和国有着深深的情感，如果用一句话概括，那就是：祖国，我爱你！

我和我的祖国共同走过了60多年，在这60多年里，祖国也曾经历过风风雨雨，也曾遇到过坎坎坷坷，但是祖国在伟大的中国共产党的领导下，披荆斩棘，绕过激流险滩，带领人民攻克了一个个困难，闯过了一个个难关，取得了巨大的胜利。尤其改革开放后，祖国在各条战线焕然一新，蒸蒸日上，捷报频传。生活中人们在吃、穿、住、行、用等各方面都起到了巨大的变化，好日子一天一个样，在睡梦中都会露出幸福的笑容。

然而这一切都与中国好声音：歌曲，有着密切的联系。

我爱唱歌，儿童时代，我们唱《东方红》《学习雷锋好榜样》《一分钱》……伴随我走过了那金色的童年。

我爱唱歌，青年时代，我们唱《没有共产党就没有新中国》《我的祖国》《团结就是力量》《到农村去，到边疆去》……走过那激情燃烧的岁月。

给我最大的震撼，莫过于彩色影片大型舞蹈史诗《东方红》，那里有许多振奋人心的好歌曲，影响着亿万人民的心。要说寻找"中国好歌声"，那里的歌曲是当之无愧的！

而且还让人们记住了老一辈歌唱家的名字，他们当中有郭兰英、王昆、胡松华等一大批。他们才是真正的明星大腕，是他们为祖国文化事业做出了应有的贡献。

自改革开放以来，在我国的音乐史上，涌现出大量的"中国好歌声"，那优美动听的旋律，那震撼人心的歌词，是那么的美好，那么的亲切，那么的让人爱听。这些好歌同时也深深地影响着我，使我更爱唱歌了！

我爱唱那首《走进新时代》，多么好的一首歌啊，歌中唱道："我们唱着东方红，当家做主站起来。我们讲着春天的故事，改革开放富起来……"

由宋祖英演唱的那首《好日子》，歌中唱出了我们今天的好日子，是那么的欢快，那么的美好，每当听到这首歌，都不由得想跳起来的感觉。我好喜欢这首歌！

我爱唱歌，我喜欢阎维文唱的《母亲》《小白杨》《说句心里话》……

我爱唱歌，我喜欢刘和刚唱的《父亲》《儿行千里》《欢聚一堂》……

我爱唱歌，尤其喜欢蒋大为唱的《在那桃花盛开的地方》《牡丹之歌》《骏马奔驰保边疆》《草原之夜》《天边的骆驼》等歌曲，充满了亲情、友情和爱，听他的歌声能体会一句名言：人间自有真情在！

尤其是近年，蒋大为老师推出了一首新歌，是由蒋老师自己作词作曲的歌曲:《最美的歌儿唱给妈妈》。这首歌一经播出马上受到大家的喜爱，纷纷传唱。在我们昌平，我不敢说是传唱的第一人，但由《中国电视报》刊登这首歌后，我马上抄写下来，复印多份，传给我所认识的玩乐器的朋友，让他们演奏，他们也觉得这首歌很好听，没过几天，这首歌就唱响了昌平公园，到处都能听到这首歌了。

我爱唱歌，但同时感到在我们中国喜欢唱歌的人和喜欢听歌的人，大有人在。那就是音乐的魅力，歌声的魅力！

我于2010年正式退休了，在我的业余生活中，唱歌是我不可缺少的一部分，我要用歌声抒发自己愉快的心情，同时也把快乐带给大家。

在昌平，许多人喜欢听我唱歌，虽然我唱得不是很好，但我会努力的，我会把那好听的歌儿带给大家，让大家一块共同分享其中的快乐！

最后我要说：在许多的文艺作品中，都把党和祖国比做母亲，而蒋大为老师的这首歌《最美的歌儿唱给妈妈》把对党和祖国的爱推向了一个新的高度。我也要把这首歌唱下去，以抒发我对祖国无限的爱。

愿我们伟大的祖国更加繁荣富强，蒸蒸日上，更加灿烂辉煌！

家常便饭话勤俭

子曰：民以食为天。

常言说：人是铁，饭是钢，一顿不吃饿得慌。

所以说，人要活着，必须吃饭，解决一日三餐问题。

我是一个老北京人。

20世纪60年代初，那时我家的人口较多，我们姊妹七个（大姐、大哥均已成家单过），全家的日常做饭全由老妈一个人担当。老妈没有工作，是一名普通的家庭妇女，可是做家常便饭是一把好手，那窝头蒸得又暄腾又好吃，菜炒得有滋有味，炸酱面做得别有风味，包子、饺子做得特别香。她常说："吃不穷，穿不穷，算计不到才是穷。"所以老妈把日常生活打理得井井有条，一点东西也不浪费，什么菜帮子、菜根子，只要是能吃的都尽量吃掉，绝不糟蹋。有一次吃饭时，一小块窝头掉在了地上，老妈捡起来，用手胡噜两下，又吹了吹，然后放进嘴里。我说："妈，掉在地上的东西还能吃吗？"她说："你懂什么，不干不净，吃了没病。再说了，这粮食可是宝中宝，一点也不能浪费。浪费了就有罪过了。"您瞧，老妈就是这样的一个人。

我从小受老妈的影响，养成了勤俭的好习惯，从不浪费一点东西，而且对做饭产生了极大的乐趣。再加上那时自己特别馋，平时总爱鼓捣点吃的，加个小炒。慢慢的，随着年龄的增长，我做饭的手艺越来越好，不是跟您吹，我能做一桌菜。尤其自己成家以后，买了一本菜谱，照上面做家常菜，做得有模有样，您说，我能做不好吗？

可能是受我的影响，我的女儿上小学五年级的时候，为家里做了第一次饭，那时她才12岁。那天我们学校老师搞活动，学生放假没上学，当我中午下班回家，女儿高兴地跑出来迎接我，说："爸，今天的饭我已经做好了，您尝尝好不好吃。"我一看，饭桌上摆了三个炒菜：西红柿炒鸡蛋、素炒土豆丝、肉片焖豆角。主食是一小锅米饭。我分别把三个菜都尝了一下，虽然西红柿炒鸡蛋有些咸，豆角有点干（还有点煳），可是我非常高兴，女儿能帮我做饭了！忙说："好，好，我女儿做的饭真香，真好吃！"她听后兴奋得满脸通红，脸上笑成一朵花。我问她："你怎么学的做饭？"她说："您成天为我们做饭，我是看您做才学会的。"此时，我心里感慨万千，想：是啊，言传还需身教啊！有时榜样的力量是无穷的。我从老妈那里学会了做饭，懂得了勤俭。如今女儿已从我这里学会了做饭，学会了勤俭，看来我家的家风就是从家常便饭中逐渐形成的。

时间过得真快呀，匆匆几十年一晃而过，现如今我已经退休四年了，女儿已成家立业多年，我的外孙已经上小学三年级了。每次他们从市里来到我这儿（我现居住在昌平），外孙总是对我说："姥爷，我妈真抠，菜炒得没油没盐的，还舍不得搁肉，洗菜时掉在地上的菜捡起来用水冲净又放在盘子里，多不讲卫生呀！"我说："壮壮，有些事以后你会明白的……"

漫游南锣鼓巷

我所说的南锣鼓巷，就是老北京胡同的一个缩影，在那里保留着老北京原汁原味的建筑风格，现在已成为一个著名的旅游景点。在那里每天都吸引着像我一样怀旧的人，还有那些寻访老北京胡同文化的年轻人。外地来京的游客也愿意到此了解一下北京的人文景观和北京故事。更难能可贵的是吸引着许多的外国友人，他们都更多地想了解一下中国，了解一下北京，领略一下北京的历史与文化，还有那古朴的小胡同和四合院……

我是一个老北京人，老家在宣武区，而南锣鼓巷属于东城区，同在北京城，愣是没去过。这不，趁着金秋的大好时光，10 月 25 日，我和同事张老师一起去南锣鼓巷游览一番，好好地观赏一下老北京的韵味。

热闹的南锣鼓巷

我们是上午到的南锣鼓巷，开始了漫游之旅。

南锣鼓巷在地安门的东南方向，是南北走向的一条胡同，它南起鼓楼东大街，北至地安门东大街，在它的两侧各有八条胡同整齐排列着，呈鱼骨状，延续着自古以来的棋盘式格局。比较有名的是雨儿胡同、帽儿胡同等，为什么呢？因为那里有许多古老的四合院和名人故居。

在那里每天都有很多的游客，热闹非凡，今天也不例外，如果站在胡同口往里看，满胡同的人头晃动，熙熙攘攘的场面街景。在他们中间固然是来自山南海北的中国游客居多，而外国游客也占了相当大的比重，他们有着不同的肤色，说着不同的语言。我虽然不懂他们说的是什么，但从他们的面目表情上可以看出，他们对这里充满了好奇，充满了向往，充满了惊叹，充满了喜悦。

在雨儿胡同，我看见一位年轻的金发女郎对着一个老门楼不停地拍照，还看见几个印度人在一个四合院的门楼留影。还有的老外在老北京小吃坊正津津有味地品尝老北京的小吃。小吃坊里的小吃，充满了老北京的特色，这里有卤煮火烧、老北京煎豆腐、陈记爆肚、炒年糕、炸薄脆、炸麻花、豆腐脑儿等，真是应有尽有，足够他们吃的了。还有的在礼品店兴冲冲地挑选着老北京的商品，真是有意思极了！

齐白石旧居纪念馆

齐白石旧居纪念馆坐落在雨儿胡同的中段，这是一个老北京标准的四合院，青砖青瓦，雕梁画栋，透着古朴。进了大门的门道，迎面是东屋的山墙，有假山盆景和翠竹。往左一拐，下了台阶，就来到了院中。院落虽然不是很大，但也显得比较宽敞。

院里的地面是青砖墁地，中间是一个与真人大小的齐白石雕像。东南西北都有带廊子的房屋，院中还栽着 6 棵树，分别是玉兰、石榴、海棠等。按工作人员的说法，这 6 棵树代表着金玉满堂之意。现在石榴树上果实累累。整个院落显得既肃静又充满了生机。

北屋属于正房，有三大间，中间的一间是齐老休息和会客的地方，古朴的硬木八仙桌，两旁各有一张太师椅，桌上的茶盘里有茶壶和茶碗。八仙桌后是一个大条案，上面有胆瓶等物品。墙壁上挂着齐老的画作，一幅竖幅的中堂，题为《多寿》，画面上画的是一株桃树上结满了鲜艳的大蟠桃，看上去栩栩如生。画的两边是一副对联，上联：大福宜富贵，下联：长寿亦康强。东边一间是齐老的卧室，硬木的雕花床，床上有被褥和枕头。室内还有立柜和硬木箱子。西边一间是齐老的画室，长条的大画案上铺着画毯，上面有文房四宝：笔墨纸砚和盛水用的器具，这里的布局既干净又儒雅，我仿佛看见齐老在辛勤的作画，又仿佛看见齐老正与客人品着香茗谈笑风生的场景……

东屋、西屋、南屋，各有三间。现在作为展室，分别陈列着齐老的画作和齐老出版的书籍和画册，在这里我就不一一说了。总之，参观完齐白石旧居纪念馆，给我的感觉很深刻，齐老真不愧是我国绘画史上的骄傲，是中华民族的骄傲！

婉容与文煜的故居

参观游览了齐白石旧居纪念馆，我们又去参观了婉容的故居。

婉容是末代皇帝溥仪的第一任妻子，作为一个末代皇后，她的根基是可想而知的。婉容故居在帽儿胡同的西边，原来的大门已经不见，只有一个普通的小门。进去之后来到二道门，如今这二道门还保存完好，经过时间的洗礼，已显得陈旧与沧桑，但还能看出它当年的雍容华贵。如今这里成了大杂院，住了许多住户，只有一小间屋里，展示着一些关于婉容的相片和她的文字生平，别无他物。据张老师讲，婉容的住宅相当气派，三进三出的四合院，院后还有后花园。可惜不能一一观赏。好不容易跟一个住户老太太说好，进三进院落看一下，这个院子很大，五间北屋高大壮观，但已很破旧，上面还搭了架子好像要维修。院里方砖墁地，也很破碎。院中还被住户搭起了自建房，显得很零乱，高大的槐树谱写着历史的痕迹。也可以想象到，当年这里是多么的气派啊！

出了婉容故居，往东走我们又到了“可园”。这“可园”是清代大学士文煜的故居。从街面的大门看出，这“可园”是多么的气派，可惜大门紧锁，不让参观，游人只能望门兴叹了。

游览了南锣鼓巷，我的感叹颇深。多么了不起的中国文化，多么了不起的民族文化啊！

给这个广告点个赞

看了这个题目，您感到很奇怪吧，广告还需要点个赞？您只要听我说完，您再下定论。这个广告就是在北京电视台近期经常播放的公益广告《列车上》。

一列奔驰的高铁列车，行驶在祖国的大地上。车厢内人很多，有的旅客坐着，还有的旅客站着，这其中就有一位姑娘。这个姑娘看上去很年轻，她身上背着旅行包，手里拿着一本杂志，就站在两边座位的过道上，她漂亮、端庄、朴素、大方，还透着一股气质，那就是朴实。

这时女列车长来查票，当她接过姑娘的车票后，说："你不是有座位吗？"而姑娘却笑着说："大爷他年纪太大了，我怕他一直站着身体受不了。"镜头移向一位靠窗而坐的男性老人，闭着眼正在打盹儿。当列车长查他的票时，他说："我是站票，等来人了，我就让开。"镜头又转向姑娘，姑娘只是欣慰的一笑。旁边一位坐着的大嫂对姑娘说："你站累了，咱俩换着坐。"姑娘忙说："好，谢谢！"

多么感人的一幕呀！虽然这个广告不长，但拍得相当好。它不是电视剧，却胜似电视剧。它体现了姑娘关心老年人的一片爱心，传播着中华民族尊老爱幼的好传统，同时也展现了"人间自有真情在"的好思想，传播了大爱无疆、善行无迹的正能量。现在报纸上、媒体上，经常登载一些社会问题，老年人摔倒该不该扶？还发生了许多不愉快的事，还有个别素质不高的老人，不但不感谢救他的人，反之愣是讹诈救他的人，您说，这究竟是为什么？

不管怎么说，我还要为这个广告点个赞，希望有关部门多拍一些这样的广告，让我们的这个社会更加和谐，更加快乐，更加进步！

品　春

伴着和风，伴着细雨，春天的气息越来越浓了。

今年的春天好像来得特别早，一夜之间，桃花、李花、玉兰等都争先恐后地露出了笑脸，把它们的英姿展现给路人。柳枝也吐出了嫩叶，伴随着微风轻轻摇摆，像少女一样地展现着它们柔美的身影，与此同时，地上的小草也纷纷地钻出了地面，那片片的绿色给大地带来了无限的生机，而且它们长得很快，真是一天一个样。

是呀，春天需要去品，才能有意思。我今天所说的“品”，还有另外一个意思，那就是品尝的意思，让您感受一下“舌尖上的春天”。

现在的人大鱼大肉都吃腻了，都想吃一点儿新鲜的调理一下，野菜就是一种很不错的选择。说起野菜，它有过很大的功劳，不论是在过去的艰苦岁月，还是在困难时期，它都无私地默默地奉献给那些需要的人，也挽救了无数的生命，您说，它是不是功劳很大？

现在，它又以新的形式继续为人们奉献，在京郊农家院的餐桌上，野菜占了很大的位置。它的做法很简单，凉拌野菜，清心爽口。野菜做的馅团子风味独特，很受欢迎。

野菜有许多种，在野外它和别的草混在一起，您如果有兴趣，可以到郊外走一走，带一些简单的工具去挖野菜，挖时一定要认准，不能挖错了，以防意外。挖野菜也是一项很好的运动，既欣赏了春色，又锻炼了身体，还能有收获，何乐而不为呢？

在春天，小葱也是一种好吃的春菜，现在小葱已经下来了。中国有一句歇后语：小葱拌豆腐——一清二白。这里的含意我就不说了，我只说它是一种菜品。小葱拌豆腐是一种经济实惠的普通家常菜，做法简单，将小葱洗净，控干水分，然后擦刀切成碎段备用。把豆腐用水冲干净，放在一个容器里，先用小刀（水果刀）将豆腐划碎，然后放入切好的小葱，再放入精盐、香油，拌匀即可，最后装盘上桌。

小葱蘸酱也很不错，我们过去常说："小葱蘸酱，越吃越胖。"不就是说吃小葱蘸酱的好处吗？想起过去吃窝头小葱蘸酱真的很好吃。

春天还有一种很好吃的菜，那就是香椿。

香椿其实就是香椿树上的嫩叶，以头茬香椿最好、最香。

香椿的做法很多，我给您说两种。第一，炸香椿鱼。把整棵的香椿洗净，控干水分备用。然后用一个碗，打上几个鸡蛋，先把鸡蛋打散，然后放入精盐、味精，再放少量的水和面粉调成糊状，起油锅，放适量的油，待油热到七八分时，把香椿放入调好的面糊中（要蘸满），放入油锅中炸，炸至金黄色时捞出即可。那香椿鱼吃起来真的很不错，用一句时髦的话说："味道好极了！"

第二，香椿拌豆腐。小葱拌豆腐不错，您再做做香椿拌豆腐，做法如下：把香椿洗净，在开水锅里焯一下，马上捞出，香椿的香味就出来了。如果烫手就再用凉水冲一下，攥干，然后擦刀切成段末备用。其次豆腐冲净，放在容器里，用小刀切碎，放入香椿末，再放入精盐、味精、葱丝、姜末、香油各适量拌匀即成。

最后再跟您说说香椿面的做法：把香椿洗净，然后用开水焯一下，切成段末备用。把芝麻酱调开，调时用凉开水，一次少倒点水，调稠之后再倒水，三四次后直到调滋润了为止，再放上适量的精盐即可。准备一个小碗，里面倒些酱油，然后把炸好的花椒油浇在上面，再准备一些菜码，如黄瓜丝、水萝卜丝都可以。当您把面条煮熟之后，过上凉水捞出控干，然后放上香椿末、黄瓜丝等菜码，再浇上芝麻酱、酱油，一碗香椿面就齐活。嘿，您就吃去吧，保证吃了一碗想吃第二碗。

春天是美好的，舌尖上的春天更是美好的。祝您笑口常开，去美美地品味春天吧！

我迷上了硬笔书法

引　言

过去人们常说：字是一个人的门面。这话有一定的道理。

中国人注重书法，爱好写字。我认为，中国的文字历史悠久，源远流长。它四平八稳，结构严谨，舒展大方，造型优美，具有实用性和观赏性，是世界上最好看的文字之一。而中国的书法艺术，也堪称国粹，在世界上有着深远的影响。如果一个人的字写得好，是会被重用的，也是受人尊重的。

我国的书法，通常用软笔，也就是用毛笔来书写，直到 20 世纪 80 年代，出现了一个硬笔书法家庞中华，才把硬笔书法展现出来。

我是祖国的同龄人，从我上学的时候，所用的写字工具就是铅笔，后来随着年纪的增长，也用过圆珠笔、钢笔。至于毛笔只是在写字课上才用。所以在我的记忆里，人们的写字工具主要是钢笔，无论是写信还是写材料都是用钢笔，因为它方便、快捷，便于携带，很好用。而真正把普通的钢笔字上升为书法的境界，还是从 20 世纪 80 年代开始。

学习硬笔书法的起因

记得那是 1989 年 4 月里的一天，我的儿子刚上小学三年级。一天，他所在的学校通知开家长会，于是我就准时参加了。孩子的班主任在会的最后强调说：“现在学生的字普遍写得不太好，希望家长配合老师抓一抓学生的字，现在新华书店有卖庞中华最新出版的钢笔字帖，我建议家长给孩子买一本，好好学一学。”散了会之后，我直接去了新华书店，一问，果然有卖的，于是我就买了一本。

在我的记忆中，那本书不是很厚，但印刷精美，里面的纸很白，也很厚。

再一看上面的内容，我惊讶了，那上面的字写得太漂亮了，我反复仔细地看了多遍，越看越爱看，简直是爱不释手。书里详细记录着庞先生介绍的写字方法，还有多幅庞先生的硬笔书法作品。那些作品深深地吸引着我，可以称得上是美轮美奂，真好呀！

我是一名小学老师，对于书法也相当喜欢，而写好字也是一个教师的必修课，可是自己写的字并不是很理想。而这本庞中华的最新钢笔字帖，像一把开心的钥匙，一下子打开我的心扉，我决定学习庞先生的硬笔书法。

学习硬笔书法的过程

庞先生的书法作品有多种字体，包括楷书、行书、隶书、篆书、仿宋、魏碑等字体，于是我就从楷书学起。

我按照书中所教的内容学习，先是从基本笔画练起，这笔画分为：点、提、撇、捺、横、竖等。这期间又分出许多支画，如横又分为短横、长横，竖又分为悬针竖和垂露竖等。光是这些笔画我就练了两个多星期。然后是字的练习，从简单的字到复杂的字，我仔细观察字帖上字的结构，哪长哪短，哪高哪低，我都仔细琢磨，然后我一丝不苟地反复练习，经过一个阶段的练习，我基本上掌握了楷书的写字方法。在这段时间里，我简直有了“走火入魔”的感觉，不论是走在上班的路上，还是在公交车上，脑海里满是庞先生的字，有时候蹦出个单字，有时候是整幅的，于是我就在自己的手心里写。晚上有时候睡不着，躺在被窝里也在脑子里练字。不瞒您说，这几年我练书法，用了好几个本子。功夫不负有心人，经过几年的努力，我终于取得了一些成绩，不但学会了楷书，还学会了庞先生的其他字体，如行书、隶书、仿宋等字体。

在书写工具上，我也尝试了用多个品种，钢笔就有好几种，如扁嘴钢笔，粗、细条钢笔等，还有塑料笔（类似毛笔的造型）、水彩笔等。纸张我也选用好的书写纸，并根据自己的要求打上格，然后再书写。

每完成一幅作品我都请旁人指点，然后根据不足加以改进，直到满意为止。

我还是不甘心，于是在 1992 年— 1993 年，我自费到中国书画函授大学学习硬笔书法，并圆满毕业。通过系统的学习，使自己的书写水平得到了进一步的提高，使自己在工作中更加发挥了它应有的作用。

学习书法其乐无穷

我在学习楷书和行书后，对于隶书也是相当的喜爱。

在一个偶然的机会，我看到了一种特殊的隶书，很有意思。后向人请教，这种隶书叫作“变体隶书”。于是我在学习正统的隶书的同时也学习变体隶书，还创出了自己的变体隶书。

因此，在工作之余，自己也创作出了一些硬笔书法作品。我把这些创作的作品，装订成册，没事的时候就看一看，心里就美得不得了，这也叫没事偷着乐。可我从来没有参加过任何比赛和展览，而是自我陶醉，自我欣赏。有时也有好朋友向我求字，我就送上一幅，看到他们高兴的样子，自己也很高兴。

学习书法好处多

随着21世纪的到来，高科技产品日新月异，电脑、智能手机都进入寻常百姓家，许多人平时都不怎么写字了，当然硬笔书法也就没人提了。现在全凭电脑打字，又整洁又美观又快。所以有许多的大学生写出的字很差，就像蜘蛛爬一样，非常难看。作为一名教育工作者，我深感担忧，长此下去怎么得了？所以我建议有关部门，要加强孩子们的书写练习，千万不要把我国的国粹扔了，还是要把它继续发扬光大。

同时，我还建议那些大学生，平时没事儿的时候，少玩会儿手机，少打些游戏，把这个时间用在练字上，也许你会得到意想不到的效果。也许也会像我一样“走火入魔”，但它将给你带来的是其乐无穷的好处，你将受益终身。有一个外地来京的年轻人跟我学习了一年的硬笔书法，在一次求职的招聘会上，凭他在招工表上的填写，一家企业老板看中了他的字，直接聘用，一年后就当上了主管，你看多好！

与谷文月老师的一次交谈

喜好评剧的人和一些上了点儿年纪的北京人，没有不知道著名评剧表演艺术家谷文月的。

谷文月是评剧艺术家新凤霞的弟子，她传承了新派的演唱艺术，嗓音甜润，吐字清晰，清馨明亮，让人听起来是那么的喜爱。她扮相俊美，身段飘逸，看她的演出真感到是一种艺术的享受。据说她出演的《杨三姐告状》，曾创下连续3000场的佳绩。此外她出演的《花为媒》《祥林嫂》等剧目，都给观众留下了深刻的印象。

我是一名普通的小学老师，在教育战线工作了35个春秋，同时我也是一个老北京人，生长在北京市宣武区的牛街，是一个地地道道的穆斯林（回族）。我兴趣爱好颇多，其中唱评剧是我生活中不可缺少的一部分，可以说我是一个评剧迷。

我从小就爱听评剧，在20世纪60年代初，那时我刚上小学四年级，就在话匣子（收音机）里学评剧，我特别喜欢著名的评剧表演艺术家马泰的演唱，所以我学的第一段评剧就是马泰先生在收音机教唱的评剧《夺印》中的选段“劝广清”。在以后的日子里我又学习了马先生的许多唱段，随着时间的推移，我慢慢地琢磨，细细地品味，我的演唱逐渐成熟，唱出来的评剧也有滋有味了。我经常利用业余时间和许多票友一起活动，还参加一些演出，取得了良好的效果。

我是个戏迷，当然也喜欢其他人的演唱，如魏荣元、小白玉霜、新凤霞、喜彩莲等，对于谷文月老师的演唱更加喜爱。

就在前几天（1月23日）的下午，在我们昌平图书馆举办的第18期读书会上，主办方邀请了谷文月老师为嘉宾，来我们昌平参加读书会，听到这个消息我心里真高兴，于是在那天我准时去了读书会。

下午两点，读书会开始，当主持人把谷老师请上台后，全场爆发出热烈的掌声。当我看到已近七十的谷老师走上台来，风采依旧，还是那么迷人，真是令人赞叹不已。整个读书会开得非常成功，主持人风趣幽默的风格也给大会增加许多亮点。那天谷老师在解答主持人的问题时，介绍自己的艺术经历，这中间还多次由谷老师演唱精美的评剧唱段，一次次的热烈掌声把会场的气氛一次次推向高潮。

会议结束后，在休息室里，我见到了谷老师，我们亲切握手后，我说："谷老师，您好！"她一见我就说："我知道你，上次在天桥剧场演出，我们见过面。"这话说起来已有近 10 年了。谷老师还记得我，真是不容易。这之后我又与谷老师进行了亲切的交谈，我把我最新出版的书《牛街琐忆》送给谷老师一本，她很高兴，说："你都出书了，祝贺你。我得拿着书，咱们照张相。"于是，我和谷老师照了一张珍贵的照片，同时也留下了欢乐的记忆。

最后，她又对我说："我现在住回龙观，欢迎你有时间到我家来玩儿。"我欣然答应，并说："抽时间我一定去看望您！"

写到这儿就要停笔了，我衷心地祝福我们的评剧艺术长久不衰。祝愿我敬爱的谷老师生活幸福，艺术之花越开越艳！

又到盛夏收麦时

每年的6月中下旬，就要开镰了。

开镰也就是麦收，也叫夏收。为什么把夏收称为开镰呢？你想呀，我国是一个农业大国，自古以来，在没有机械的时代，麦收全靠用镰刀手工割麦，所以每当这个时期，辛勤劳动的农民望着那金黄的麦田，看着那随风起伏的麦浪，高兴的心情喜在心里，写在脸上，啊，就要开镰了！

每当这个时候，我就想起10年的知青生活，想起麦收的景象，还有在夏收的时节里发生的那些有趣的往事。

割　麦

我作为一名北京知青，在20世纪60年代中期，我和许多知青一起来到了祖国的大西北——宁夏生产建设兵团，一干就是十年。

宁夏地处我国的西北，自古以来就有“天下黄河富宁夏”之说，又有“塞上江南”的美称。这里有黄河水灌溉，大小渠道纵横交错，可以说是旱涝保收。

当时我们兵团的位置就在贺兰县。具体到我们连就在这块平原上，它东临滔滔黄河，西靠巍巍贺兰山，这里天蓝得透明，云白得令人心颤，空气是那么的清新。而贺兰山有名的“人面峰”就在我们眼前。它像一个庞大的巨人仰卧在那里，那高耸的额头，高高的鼻梁，刚毅的下巴，真像一个西北的男子汉。夏秋的夜晚，落日的余晖仿佛给它镀上了一层金边，非常好看，就像是一幅壮观的风景油画。

然而，知青的生活是清苦的，每天的劳动是艰辛的，我们干过的农活有平田整地、挖渠筑坝、起圈（牛圈、马圈、羊圈）、积肥、运肥、播种、除草灌溉、夏收、秋收等很多。在我们知青里流传着顺口溜，就有“四大累”之说：

“打井、脱坯、割麦子……”第四个有些不雅，就不说了。所以说“四大累”之一的割麦子其劳动强度就可想而知了。

那时我们还都很小，差不多都是十几岁的娃娃，干这么重的话还真够呛。夏收也真够紧张的，第一是天气热，第二是麦田里蚊子多，第三是这个季节是多雨的季节，说不定突然就来一场大雨。如果是那样的话，这一年的收成就全泡汤了。成熟的麦子被雨水一泡就会发芽，那损失可就大了。所以连里开了个动员大会，把麦收称作“龙口夺粮”，争取用最短的时间把麦子收割完毕。快割快打，力求颗粒归仓。

那时在我们兵团也有机耕连，但机械太少了，大部分还得靠人工收割。割前都要把镰刀磨得很快，这样割起来省力。现在回想起来，那场面真是壮观，我们那时的麦田都是条田，条田很长，往远处看，田边与天边连成一线，条田的两旁是渠道，渠背的边上都种着白杨树，像一排排忠诚的卫士守护着麦田。随着微风的吹动，树叶发出沙沙的响声，这时你会看到绿色的树木，金黄的麦田，在蓝天白云的衬托下，是多么美丽的一幅风景画呀！

收割开始了，由于夏天天长夜短，我们每天早上6点起床，洗漱完毕，吃完早饭，就排着队来到麦田，紧张的麦收开始了，我们每人分配了几垄，从地头开始，直到地尾。只看大家挥舞着镰刀，向麦田开战。经过这几年的锻炼，知青们已经熟练地掌握了割麦的技术。麦田里没有人说话，只有那沙沙的割麦声。天渐渐地热了，太阳炙烤着大地，大家虽然戴着草帽，但仍然是汗如雨下，用毛巾擦一把，继续割。不一会儿的工夫，强弱就分出来了，技术好的、体力壮的就跑在前头，体力弱的自然就落在了后面。但是那时我们协作的精神很强，跑在地头的人就会返回来帮助那些慢的人。其中班长、排长起了带头的作用，目的只有一个，就是尽快地把麦子割完。

中间休息的时候，连队食堂的炊事员送来了开水（有时是绿豆汤），大家纷纷坐在地头，说说笑笑喝着开水，男知青有的拿出香烟（那时知青抽的普遍是绿叶牌，1毛5一盒，大福字2毛一盒），互相敬着，美美地抽上一口，别提多解乏了。到了晚上，大伙拖着疲惫的身体，回到宿舍吃完晚饭就早早地睡了。

第二天，当我的那垄快割到中间地段，忽听前面扑噜一声，从麦田深处飞出一只肥壮的野鸭，只见它飞得很慢，还不时地回头看看麦田，我跑上前去一看，在麦垄的深处有一个圆形的窝，窝里有十来个鸭蛋，这些鸭蛋白白的，大大的，拿起一个还热乎乎的。我听说昨天也有知青在麦田捡到野鸭蛋，原来这些野鸭子要孵它的宝宝呢。这时在我旁边的祥子也赶上来，看见了鸭蛋对我说："你真有福气，捡了这么多的野鸭蛋。"我说："什么福气，正巧赶上了，见面分一半，也别分一半了，你把它拿回去，咱们宿舍的几个哥们儿每人都有份儿。"他高兴地用毛巾把鸭蛋包好，放在一个隐蔽的地方。那天我们宿舍的几个人每人分到了两个煮鸭蛋，算是打了一回牙祭。

那时在我们兵团连队的地方，野生动物很多，经常看见狐狸、野兔，还有鹳鸟、大雁、野鸽子、猫头鹰，就是矫健的雄鹰也经常见。鱼更多，黄河大鲤鱼是非常有名的。别扯远了，还是说麦收吧。

经过几天的抢收，大伙虽然累得腰酸背疼，但总算把麦子收完了。

脱 粒

说割麦子不轻省，而脱粒也够累的。

当麦子割完之后，用草绳子把麦子打成捆，然后用马车拉回场院。到场院卸了车之后，再把麦子码成垛，为了防雨，还在垛上苫上塑料布，这时场院上被码上了十几个大垛，也显得颇为壮观。

两天后，紧张的脱粒工作开始了，从机耕队借来的脱粒机摆放在场院的空地上，电闸一合，机器就突突突地运作了起来，那可真是时间不等人呀，女知青们负责运麦捆，打开捆，男知青们负责用长把的二齿叉子把麦子挑起往机器的"大嘴"里送。随着脱粒机的轰鸣声，麦粒就从上端的口喷射出来，喷出有一丈多高，仿佛在空中架起一道粮食的彩虹，这彩虹充满了丰收的喜悦，充满了粮食的芳香。充满了幸福的向往，充满了生活的渴望。

当麦子喷出的时候，麦子中的杂质也随风飘了出来，什么麦皮、麦芒、麦梗，吹得到处都是。尤其是麦芒，飘在人的脸上、头上、皮肤上，又刺痒又疼，特别不好受。女知青们都把自己裹得严严的，头上还包了纱巾，只露出两个眼睛，远处一看，个个都像"古兰丹姆"。我们男知青就不同了，您想，夏天多热呀，我们也都穿上长袖汗衫，戴着草帽，那也不行，一会儿就汗流浃背，那麦芒贴在脸上，一个个跟泥猴似的，能好受吗？

中间休息的时候，指导员和连长派人给我们送来了西瓜，让大家随便吃，要说宁夏的西瓜就是棒，有一种“枕头瓜”，长圆形，淡绿色的皮，一个都有20斤左右，有大一些的足有30多斤，切开以后，里面是粉红的瓜肉，咬上一口，啊！真甜呀！吃上几块，心里别提多痛快了！吃瓜的时候，瓜汁免不了粘在手上，如果你不洗，手上马上拉黏，手指都有张不开的感觉，可见这西瓜含糖量有多高，能不甜吗？

说到西瓜，顺便提一下宁夏的两种甜瓜：一种是“金棒子”，一种叫“花兰柿”，这两种瓜是宁夏的特产，又香又甜，在麦收期间我们都没少吃。

中午下班，哥几个第一项任务，就是把自己打扫一下，洗一洗身上、头上的麦皮和麦芒。我们那就是不缺水，黄河水灌溉，所以大渠、小渠特别多，还有那些被水冲成的水泡子。黄河水别看平时又浑又黄，可是澄清之后，又清又甜（那时没污染），特别好喝。所以我们每天洗两遍澡，中午一次，晚上一次。到了那儿之后，哥几个别客气，个个脱得溜光，泡在水里，只露脑袋，别提多舒服了。

洗完之后，穿好衣服（把衣服抖干净），回到住地吃饭，然后休息一会儿，下午还得接着干呢。

经过大家的努力，麦垛一天天见少，直到彻底消失。麦子脱完了，还要经过扬场、去杂、晾晒，最后装入麻袋，垛好之后苫上塑料布，下一步就该交粮了。

交粮

又到了交粮的日子。

每当这个时候，我就想起那首笛子独奏曲《扬鞭催马运粮忙》，那首悠扬美丽的乐曲，把当时人欢马叫的运粮场面表现得淋漓尽致。

粮要交到团部的总粮库。它离我们连有十四五里路，快到山（贺兰山）根儿了。

经过几年的劳动锻炼，我们这帮知青都已经长成了大小伙子，身体长高了，身板也壮了。像我也能扛起200斤重的大麻包，绝不含糊。

那天我们起得还挺早，哥几个吃完午饭，略微休息了一会儿，就来到场院装粮的地方，不一会儿车把式赶着大车来了，大家赶快装车，装好后再用大绳煞紧。然后就出发，踏上了交粮之路。

一路上说说笑笑，倒也不寂寞。到了粮库之后，那里已经有七八辆大车了，都是其他连队来交粮的。我们只好排在后面，带队的人说，能在中午之前交上就不错了。哥几个只好下车来到路边，找一块儿阴凉处抽烟，侃大山。这时，大赵来到我身边，对我说："哎，刚才我去那边的小树林解手，你猜我发现什么了？"我说："别卖官司了，你看见什么了？"他说："我看见那边的树后都是枸杞树，那枸杞都熟透了，想不想去尝尝鲜？"听他这么一说，哥几个全把脑袋扎了过来，问怎么回事，当他们知道这个消息后，都说："还说什么呀？走呀！"于是，我们几个就先后悄悄地溜进了枸杞林。

说到枸杞，大家可能不陌生，那是一种珍贵药材，是具有补血、补气、养肝明目、补肾壮阳的好东西。以宁夏的最好，它可以说是我们宁夏的五宝（宁夏五宝：红：枸杞，黄：甘草，蓝：贺兰石，白：二毛皮，黑：发菜）之一啊！不过这东西不能多吃，虽然是好东西，但和人参一样，吃多了也会上火。

我们当时可不知道这些，进了林子一看，这枸杞树不高，但很粗壮，在绿叶的衬托下，那红红的枸杞一嘟噜一串串地挂满枝头，一个个都有小指肚儿那么大，看着就喜人。我们也不管三七二十一，大把大把地撸下来，就往嘴里填，啊！真甜呀！我们每个人都吃了不少，正吃得高兴，突然，从林子的那头跑出一个人，有五十来岁，头戴一顶破草帽，手中还拿着一把铁锹，是个老职工，只见他边跑边喊着宁夏话："你们这些哈怂（坏人），偷吃枸杞，给我站住！"我们一看，吓得像兔子一样跑得无影无踪了。

第二天，哥几个的鼻子里呼呼地往外蹿血，怎么都止不住，都上了卫生室。这事最后还是让连里知道了，连长是个转业军人，他对我们说："你们这些小嘎子呀，真不知道厉害，这枸杞火特大，吃多了哪能受得了，要千万记住，虽然这是好东西，但一次不能多吃，否则会适得其反的！"

待到夏粮交完，整个夏收也就告一段落，下一步的工作就是种秋天的粮食了。

夏收的回忆就给您说到这儿，虽然返程回京很多年了，但每当这个时候，我都想起那些激情燃烧的岁月，是那么的深刻，那么的让人回味无穷……

那些令人难忘的老电影插曲

我是祖国的同龄人，生于 1950 年 1 月，从小接受的是社会主义新中国的良好教育。听的是新广播，看的是新电影，接受的都是新鲜事物，我感到非常幸福和快乐。

回忆起那金色的童年，真有说不完的话题，我们小时候玩儿的游戏，现在的孩子恐怕连听也没听说过，更甭说玩儿了。在众多有趣、美好的事物中，看电影是我们这些孩子的最爱。

自从我记事以后，就迷上了看电影，在二十世纪五六十年代，那时的新电影真叫多，一部接着一部，非常令人着迷，因此电影也就成为当时人们业余生活中不可缺少的一部分。人们在闲聊中经常涉及电影的话题，聊些电影中的乐事、趣事，真使人乐此不疲。那时的电影票也很便宜，成人票 2 毛 5、3 毛，儿童票才 1 毛，这样的价格人们还是能接受的。

那时的电影大部分都是黑白片，彩色的也有，但很少。可是人们还是照看不误。那时的电影，无论在思想上、艺术上都有很高的价值，不但起着潜移默化的教育作用，而且给人带来美感和艺术的享受。其中的电影插曲就是人们喜欢的重要的一部分。那时的电影不但好看，其中的插曲更是好听，如《刘三姐》《五朵金花》《冰山上的来客》等电影中都有许多好听的插曲，真是好听。如《刘三姐》中的《山歌好比春江水》《世上哪见树缠藤》《对歌》等。再如《冰山上的来客》中的《花儿为什么这样红》《冰山上的雪莲》《高原之歌》《怀念战友》等。再如《五朵金花》中的《蝴蝶泉边》等。这些歌旋律优美，使人百听不厌。那时的小青年，嘴里经常哼着这些歌曲，美得不得了，在当时也算是一种时尚。因此也就让人记住了著名的作曲家雷振邦，衷心地感谢他为人民群众送来了这么好听的歌曲。

除了上述所说，还有很多的电影插曲让人怀念，如《洪湖赤卫队》中的

《洪湖水浪打浪》《手拿碟儿敲起来》《赤卫队之歌》《看天下劳苦人民都解放》等，当时这些歌曲都红遍了大江南北，深受人们的喜爱。此外，还有许多电影插曲都深受人们的喜欢，如《草原上的人们》中的《敖包相会》，《柳堡的故事》中的《九九艳阳天》，《上甘岭》中的《我的祖国》，《红日》中的《谁不说俺家乡好》，《铁道游击队》中的《弹起我心爱的土琵琶》，《地道战》中的《地道战》《毛主席的话儿记心上》，《英雄儿女》中的《英雄赞歌》，《怒潮》中的《送别》，《我们村里的年轻人》中的《人说山西好风光》等，真是太多了，由于篇幅有限，我就不一一说了。

这其中的歌曲，激励、鼓舞、影响了一代又一代人，同时也深受广大人民群众的喜爱，可以说是经久不衰。到21世纪的今天，电视节目中依然在播放着那些优秀的电影插曲，当今走红的歌星，如蒋大为、阎维文、王宏伟、刘和刚等都演唱过其中的歌曲。可是近年来，在影视中却很少有好听的歌曲流传下来，不知为什么？这是否让音乐人值得深思的一个问题？

咱们不说那些明星大腕，还是说说咱普通老百姓吧。就我而言，有许多的兴趣爱好，唱歌就是其中的一项，我喜欢唱那些好听的电影插曲，如《怀念战友》《牡丹之歌》《草原之夜》《红星照我去战斗》等。每当春、夏、秋三季，没事的时候就去公园，在我们昌平公园有许多爱唱歌的人，他们自发地组织在一起，吹拉弹唱，各显神通，有时赶上双休日，就会出现好几摊儿。还别说，真有唱得好的，水平还不低呢！我也曾几次到过景山公园、北海公园、陶然亭公园，那里也有许多唱歌的人，唱的都是那些老歌，其中电影插曲占了一大半，听起来让人感到非常亲切。

啊，难忘那些经典老电影，更难忘电影中那些优美的插曲。那跳动的音符，优美的旋律，荡击着人们的耳骨，开启人们的心扉。它给人们带来了精神上的享受，带来了美感，带来了欢乐。它们像一朵朵艳丽的花朵，展现在人们面前。愿这些花朵越开越艳，让那浓郁的芳香充满人间！

妈妈的大芭蕉扇

一说到芭蕉扇，不禁让人想起《西游记》中的铁扇公主。

老妈可不是铁扇公主，她就是一个家庭妇女，普通的老百姓。

常言说：冷在三九，热在三伏。这话一点儿都不假。那时的牛街小胡同很多，大杂院也很多。一个大杂院住着七八户人家是常有的事，而我就生长在这样的环境里。而且牛街地区的房子大都是短小破旧，像模像样的四合院真是太少了。您别看是这样的环境，邻里之间却相处得非常和睦，一家有事儿街坊四邻全都帮忙，非常和谐。

在夏天，尤其是三伏天里，在我们那儿，尤其是晚上，院子里、胡同里净是乘凉的人，爷们儿都光着膀子，坐在自带的小板凳上，他们喝着茶，手拿大蒲扇，在山南海北地侃大山，倒也有一番情趣。

说起老妈的大芭蕉扇，太普通了，差不多家家都有，这扇子便宜，一毛五一把，您瞧多实惠。那时我们小时候经常唱的儿歌中就有说扇子的，其一，扇子有风，拿在手中，有人来借，等到立冬。其二，扇子我有，拿在我手，有人来借，等到三九。您听有点意思吧！其实这两首儿歌意思都差不多。老妈的大芭蕉扇在我的印象中，像一个大大的、圆圆的月亮，底下有一个把，就是它在酷暑中把阵阵清凉送给我们，伴随着我走过儿时年年的夏日，走过那金色的童年。

夜深了，乘凉的人们都陆陆续续地回到各自的家中，准备睡觉，因为明天还有各自的工作，该上班的上班，该办事儿的办事儿，像我们小孩子都正在放暑假，就不用去上学了。那里我们兄弟姐妹七人，大姐、大哥都已成家单过，通常在我们家不大的屋子里的大通铺上，经常睡着六七个人，您想能不热吗？那时我刚上小学，三哥上小学三年级，白天疯玩了一天，晚上倒头便睡，睡梦中总觉得有阵阵凉风吹来，那就是老妈用手中的大芭蕉扇为我们扇凉和驱赶蚊虫，究竟老妈何时才能睡，在我幼小的心里还真不知道。

老妈是个会过日子的人，我记得老妈的那把大芭蕉扇坏了，边都飞了起来，一扇呼达呼达直响，老妈这时找来了碎布条（我记得是蓝色的）沿着扇子的边缝了一圈，又可以继续用了，至于用了多少年，我也记不清了。

现如今，生活条件好了，比过去发生了巨大的变化，住楼房，安空调，买电风扇，尽情享受夏日的清凉。可对我来说，还是怀念老妈的大芭蕉扇，那手摇出来的清凉，是那么的温馨，那么的舒适，还有那妈妈对儿女的一片亲情……

一本水彩

怎么？水彩还论本？

这不是一般普通的水彩，它是用来染相片的专用水彩。这本水彩的全名叫狗牌透明相片水色，是由天津市民国文教生产合作社出品的。它是一个小长本，长 20 厘米，宽 9 厘米，厚 0.3 厘米，里面有黄、红、蓝、绿、紫等 12 种颜色。这些颜色都在 12 张厚纸上，每种颜色之间还有一张透明纸把它们隔开。如果您要问，你怎么记得这么清楚？不瞒您说，我这本水彩是 1970 年在菜市口文化用品商店买的，花了 3 毛 2，一直保留到现在，至今还用着。45 年了，几经波折，愣是没丢掉，真是万幸，在我的眼中它不仅是水彩，而且是一件文物了！

20 世纪 60 年代中期，作为一名北京知青，我和广大的知青一起来到了宁夏生产建设兵团，开始了 10 年的知青生活。

知青的生活是艰苦的，劳动的工作量也很重，但都是年轻人，自然是苦中有乐，因此也发生了许多令人难忘的往事。

我从小就喜欢画画儿，手上也有了一定的功底，连队里的黑板报、宣传栏时常留下我的身影。在一次偶然的时候，我的一位兵团战友，用一种透明水彩在染相片，觉得很新奇，于是就在旁边看他给相片上色。在 20 世纪，相当一段时间，人们照的相片都是黑白的（那时没有彩照），就连照相馆的彩色照片，都是人工染的，不过，那时照相馆中的美工师手艺相当棒，染出的相片非常好看。所以人们到照相馆去照相都照黑白的，很便宜，如果要彩色的那得多花钱。所以彩色相片成了人们的一种奢望。

我目睹了他给一张黑白相片上色的全过程，并知道了染相片用的是一种专门的透明水彩。于是在 1970 年回京探亲时在菜市口文化用品商店买了这本透明水彩。

这种水彩用起来很方便，在染色前，准备好一瓶清水、一个干净的调色瓷盘和一支毛笔（小楷笔）就可以了。您想，我是画画儿的，对水彩也相当熟悉，于是就自己动手染相片，经过多次的实践，我染相片的技术越来越好。回到兵团之后，许多战友都让我给他们染相片，我也乐意为他们染，看到他们满意的笑脸，我也很高兴。

光阴似箭，日月如梭，匆匆几十年过去了，结束了知青生活，我走上教育战线，当了一名光荣的人民教师，又返城回到了北京。这么多年了，有的东西遗失了，可有的东西至今还得保留着，其中就包括这本透明水彩。

在高科技的今天，彩照已经过时，数码相机照出的相片色彩更新、更靓。而我这本透明水彩似乎没用了，其实不然，这本水彩我至今还用着，用它画一些小型的水彩画效果还是蛮不错的。

“黄毛”轶事

“黄毛”大名金志海，是我的小学同学，一个很要好的发小，现在和我一样也应该是六十出头的人了。

他小时候长得很可爱，一张圆圆的脸，显得胖乎乎的，皮肤很白，最突出的是他那一头黄发，黄发不说，还外带自来卷，再加上眼珠子是棕黄色，猛一看像个外国小孩儿，所以大家给他起了个外号，都叫他“黄毛”。

生活的轨道很正常，小学毕业后，大家各奔东西，我和金志海好长时间没见面，直到新千年之后一次搞同学聚会才见到他。

见面之后别提多亲热了，什么都聊，聊来聊去就聊到了他的头发上，他说：“就我这头发可给我带来了不少的麻烦，起初大家都叫我黄毛，我也认了，谁让咱就长了这个头发呢？可是大了，也工作了，该找对象了，于是我把头发染成了黑色，这一染就染了二十多年。后来娶妻生子了，也搬了新楼了，挺高兴，我想自己已经奔五张了，不染了，黄毛就黄毛吧！那时候小青年开始把自己的头发焗成各种颜色，什么红的、黄的、蓝的、绿的等多种多样，那时把染发说成焗发。反正我是不焗了，不跟你们青年人掺和了。谁知道没多长时间，闲话就出来了，这个说：‘哎，你们瞧，这个老金真是老不正经，也赶时髦，把头发焗成了黄色，这叫什么玩意儿？’那个说：‘平时看老金挺正派的，干吗也赶潮流，不会有什么花花肠子吧？’为这个，单位领导找我个别谈话，当我说明情况后，惹得领导哈哈大笑，还在全体职工大会上为我专门‘平反’。你们说，这叫什么事？我还成了单位的一个‘笑柄’了。”

他的话引得我们几个同学都笑疼了肚子，他又说：“你们先别笑，还有一个更气人的事。那天我去理发馆理发，那个理发的姑娘边给我洗头边说：‘大叔，您的头发真棒，又浓又密，自然黄，有自来卷，真好！’我说：‘这是胎里带，爹妈给的，凑合着看吧！’姑娘笑了，说：‘大叔，您真幽默。’说话间姑娘给我理完了发，也洗完了，就差吹风了，突然她接了个电话，有急事要出去一下，于是就对另一个理发师说：‘你替我给这位先生的头发做一下，我出去一趟。’这个理发师是个小伙子，手艺还不错，给我吹了个发型还挺好看。完了之后我问小伙子：‘多少钱？’他说：‘50块。’我说：‘理发不是6块吗？为什么要50块？这价涨得太离谱了吧？’小伙子指着我的头发说：‘您连烫带焗带理，收您50块多吗？’我一听急了，说：‘我这头是天生的黄，天生的卷，你凭什么多收我钱呢？’这一吵不要紧，连经理都惊动了，跑出来问怎么回事，这时那个姑娘办完事回来了，我用手指着她对经理说：‘你问她吧，看我是不是自来黄、自来卷？’姑娘连忙说明情况，经理和小伙子一个劲儿地给我道歉，这事才算完。”

我们听完后又是一阵大笑，我又问：“有点意思，你这头发还真有故事，还有吗？再给我们说说。”他又说：“有呀，为了少惹气，我干脆剃光头，别人就说不出什么来了，可是妻子和女儿不高兴了，嫌我剃光头太难看，给她们丢份儿。”妻子说：‘我就喜欢你这黄头发，别人管得着吗？’女儿也说：‘就是，我爸的头发就是好看，我要是随您就好了，谁知道我随了我妈了，长了一头黑头发。’后来，我又想，现在有些男人留起了长发，又省理发钱，又有艺术家的风范，多好呀。于是就留起了长发。也就一年多，我实在受不了街坊四邻的异样目光和闲言碎语，这长发也不留了，现在好了，岁数大了，你们瞧，我这头发白了不少，就留个板寸，又省事，又方便，挺好！”

我们望着他浓密黄中透白的短发，觉得他的发型真的很精神！

说“包”

关于“包”的话题很多，今儿个不说别的，就说说咱普通老百姓在日常生活中用的“包”吧！

就拿人们最关注的吃穿住行来说吧，其中的行，就是行走，也叫“出门”。不管是出远门，还是出近门，都得有个装东西的包吧！在古代，人们出门都带包袱，用包袱皮把所带东西衣物一包，男子一般都斜肩带背地背在背上，然后在胸前一系就行了。而女子一般把东西用包袱皮打一个小包，挎在胳膊上即可。这种状况不知用了多少年。

远的不说，因为我是共和国的同龄人，所以我就把从我记事儿起，用过的包和见过的包给您叨唠叨唠。

我是一个老北京人，生长在宣武区牛街一条普通的小胡同的大杂院里。假如从胡同中看到的行人使用包的过程，就不难看出从二十世纪五六十年代到现在，人们用包的状况。

还是先说说自己用包的过程吧。

阎维文在《母亲》那首歌里唱道：“你入学的新书包，有人给你拿……”如果说起我的“新”书包，真让人感到汗颜。

我上学比较晚，1958年才上小学一年级。顺便说一声，我的小学生活是在广安门内大街第一小学度过的。那我的“新”书包究竟是什么样呢？真不好意思说，我的“新”书包是我二姐穿过的一件破上衣改制而成的，又找来两条旧带子缝在包上的两边，“新”书包就成了。而且开学的第一天去学校报到，是我一个人去的，没有家长送。不像现在的孩子都五六年级了还让家长接送。进了学校门之后，没忘老妈交代的事儿，对老师要有礼貌，要鞠躬。我对着看门房的老大爷鞠了一个躬，还说了声：“老师好！”把大爷逗乐了，对我说：“新来的吧，往里走，去找你的教室吧！”

就这样，开始了我小学的生涯。而那个破“新”书包一直用了三年，到了第四年，也就是我上四年级的时候，才给我买了一个真正的书包，蓝色的，帆布的，一条宽背带，我心里非常高兴，就是这个书包，我一直用到了初中。

那时在北京的大街上和小胡同里，人们上班或上学用的包，一般都是用布制的包，还有就是像我用的“新”书包那样，用旧料改制的包，上班时带饭盒，下班顺便买点菜，仅此而已。

到了20世纪60年代末和70年代初，在街上人们背的包有了变化，可能是对解放军的热爱，军用挎包非常流行，这是一种帆布包，黄绿色，包身上有一个红五星，包盖上有“为人民服务”五个鲜红的大字，很是好看！这种包流行了很长时间。

到了20世纪70年代中期，在小青年中，流行起了一种包。叫“马桶包”，用人造革制成，灰色的条状纹，上面有亮晶晶的金属小环做拉口，还有能调长短的背带，背在背上很是精神。

“马桶包”还没过两年，也就是到了20世纪70年代末和80年代初，又开始流行一种方形的挎包。这种挎包在当时很是时髦，用羊皮制成，又黑又亮，很是好看。不过，价格是十几块钱一个，很多人买不起。可是又出了一种代制品。用人造革制成，也是又黑又亮，也很漂亮。而价位在10元左右，这样就满足了很多人的虚荣心，像我就花了8元钱，在菜市口百货商场买了一个这样的包，背在身上真美，这个包我用了很多年。

到了20世纪90年代，个体户多了起来，万元户也多了起来，先是有了“大哥大”，随后又有了手机，私家车也悄然出现。那些大款们用的包也有了特殊化，包不大，通常是夹在胳肢窝里，在当时，您会在街头各种场合看到这种情况，一身西装，胳肢窝里夹着皮包，一手用手机打着电话，您看他们多潇洒。

转眼到了新千年，而包也起了很大的变化，最流行的要数一种叫“双肩背”的背包。这种背包有大有小，根据自己的需要去选购。这种包男女老少均可使用，我经常看见一些中老年人出门踏青或郊外旅游都背这种包。这种包装东西多，背着又省力，很是受人们的喜爱。

现如今，您再看街上吧，包已经成了人们不可缺少的一种物质了。而包也不单是一种装东西的工具了，而是成了一种美化生活的装饰品，现在不论男女老幼，都以背个包作为时尚。

说到现在的包，真可说是种类繁多，应有尽有。

质量不同，从高档真皮上万元的到数十元帆布制作的任您选。

形状不同，各式各样，大大小小，根据需要自己挑。

色彩不同，百花争艳，赤橙黄绿青蓝紫，拣喜欢的购。

关于包，就给您说到这儿，您如果在街上观察一下，也会发现各式各样的包。

您瞧，那个姑娘挎的包好看吗？

乐此不疲集烟盒

现如今，人们的业余生活丰富多彩，爱好也就多了起来。就说收集（藏）这一项吧，有集邮的（这是一个大家族），有集字画的（没有经济实力不行），有集钱币的，有集火花的（火柴盒），有集商标的等，真是举不胜举。

而我却偏偏喜欢收集香烟盒子（烟盒也称为烟标）。说起收集香烟盒子的苦与乐，真有说不完的话。

收集香烟盒子的起因

记得我收集香烟盒子是从20世纪60年代中期开始的。那时作为北京知青，我和同学们一起上山下乡，来到了祖国的大西北宁夏生产建设兵团。

那时我们都还很小，由于想家和别的原因，男知青们都先后学会了抽烟。那时的知青连队要出一些宣传栏，还要出黑板报，由于我从小就喜欢美术，手上已经有了一些功底，所以连队里的这些宣传栏、黑板报的设计都出自我的手。我还在连队宿舍的房山墙上，画了一幅大型的雷锋像和毛主席为雷锋提的词:“向雷锋同志学习。”这一下我出了名，别的连队也找我去为他们连队画雷锋像。因此我也得了一个“小画家”的美称。

在那个年代，画出的报头也要“紧跟形势”，不能出一点偏差。在一个偶然的机会，我发现他们抽完烟的烟盒上有我需要的图案，从那时起我就开始收集烟盒了。先是捡，到后来他们知道我要烟盒，就主动给我留着。如果我发现商店来了新烟，就买回来，烟给他们抽，自己要烟盒。那时的香烟都不贵，在我的印象中最好最贵的烟就属“中华”牌（上海卷烟厂出品）的，一盒就卖6毛钱。下来就是“牡丹”牌（上海卷烟厂出品）的，每盒5毛钱。当时经济情况是这样，如一家六七口人，只有一个人挣钱，每月工资40多元，就能养活一家人。像6毛、5毛一盒的香烟，普通人根本买不起，只能看看，说句不好听的，连味儿都闻不着。

档次再往下一些的香烟有上海卷烟厂出品的“大前门”牌香烟，3 毛 6 一盒。那烟真好，又香又柔，真可谓是烟丝金黄，气味芬芳，好抽极了。再有就是北京卷烟出品的“香山”牌香烟。它和“大前门”有一拼，也是非常棒非常好的烟，3 毛 4 一盒。在这个档次中还有“恒大”牌香烟（天津卷烟厂出品）、“红叶”牌等，价位都在 3 毛钱以上。这样的烟在当时老百姓中间也很少有人买，逢年过节买上一盒“大前门”或“香山”来招待客人就很不错了。

档次再往下一些的香烟，价位在两三毛之间的，百姓就能接受了，这类的香烟当时很多，如“飞马”牌、“海河”牌、“墨菊”牌等都是老百姓喜欢的。就拿北京卷烟厂出品的“八达岭”牌（2 毛 7 一盒）、“北海”牌（2 毛 3 一盒），都是不错的选择。

而我们知青当时抽的烟大都是“绿叶”牌（简称“大绿叶”），1 毛 5 一盒，“大福字”，2 毛一盒。记得有一次探亲假，我从北京带回去一条“八达岭”牌香烟，给他们抽，他们的高兴劲就别提了！

档次最低是 1 毛钱以下的烟，如“蜜蜂”牌烟才 6 分钱一盒，像这类烟知青都抽过。

在我保存下来的烟盒中，有一部分是那时留下的。

香烟盒的变迁

我从 1965 年至 1995 年这 30 年之间，是在无意之中收集烟盒的。那个时候还没有收藏这个概念，更谈不上它有什么经济价值。只是觉得那上面的图案对我出黑板报有用。仔细一琢磨，还是有些意思的。

那时烟盒都是长方形，高档烟的烟盒纸张比较细腻光滑，而低档烟的纸张比较粗糙。那时的烟都不带过滤嘴，所以不管什么烟盒，形状都差不多，都是竖排版的长方形。到了 20 世纪 80 年代以后，香烟才有了过滤嘴，烟盒还是长方形，但是长度增加了很多。

由于我自小喜欢美术，对于烟盒上的图案还是比较喜欢的。要说这香烟盒上的图案真是包罗万象，有画、有字、有色彩。画的种类繁多，有国画、水彩画、水粉画等。内容包括山水人物、花鸟鱼虫、飞禽走兽、城市乡村、高楼桥梁等。字的种类大致可分为两种，一种是书法形，一种是美术形。书法形包括行、楷、篆、隶、草、魏碑等。美术形包括仿宋、黑体、各式各样的变形体等。

就拿有人物画的烟盒来说吧，我保存的有以下几种：嫦娥（北京卷烟厂）、五朵金花（云南曲靖卷烟厂）、阿诗玛（云南玉溪卷烟厂）、刘三姐（广西南宁卷烟厂）、秦娘美（贵州遵义卷烟厂）、蔓萝花（贵州黄平卷烟厂）、苗家（建始烟厂）、昭君（呼和浩特卷烟厂）、公主（陕西城固卷烟厂）等。

就是这些个烟盒在工作和生活中给我带来很大的帮助和无限的乐趣。

到了20世纪90年代以后，出现硬翻过滤嘴香烟，直到现在。由于它纸张厚，又占地儿，所以不在我的收藏之内。

而现在的软包装香烟盒也由过去的竖排版变成了横排版。上面除了商标以外，还增加了警示语："吸烟有害健康，尽早戒烟有益健康。"

香烟盒的类别

刚才谈到，我所收集的香烟盒主要在1965年至1995年这30年，而且都是普通烟盒，硬翻烟盒不在我的收藏之内。

我从1965年至1975年，到宁夏生产建设兵团。1975年走上教育岗位，在宁夏石嘴山市当了一名小学教师。1991年又返城回京。在昌平区史各庄中心小学继续任教，直到2010年正式退休。我为什么要说这个呢？原因很简单，在这几十年的时间里几次搬家折腾，有些东西丢失了，有些东西舍去了。唯有一包（用报纸包的）香烟盒愣是没舍得丢，一直保存着，直到现在。

2010年，我正式退休了，儿子从市里到昌平来看我，那天正巧我在家里欣赏这些香烟盒，被他看见了，他说，这是一种收藏，叫烟标，有的是很值钱的。我从来没想过这个问题，只知道收集烟盒就是玩儿。这烟盒还能值钱？真是怪事儿。他又说，您把它整理整理，有工夫我去报国寺文物市场给您打听打听。

儿子走后，我把烟盒整理了一下，把它们分类出来。我是按地区分类的，如北京烟、上海烟、天津烟等。然后各地区的烟盒大致按年代分类，如北京烟，我如今保存的有北京、礼花、牡丹、友谊、嫦娥、香山、红叶、八达岭、石舫、玉兰、玉带桥、北海、工农等。这些烟盒现在很难寻觅。其中的"嫦娥"和"玉兰"绝对是精品，很多人都没听说过。

仅举此一例，其他的都大致相同，就不一一说了。

后来儿子又来，说起类似的问题，被我一口回绝了，不论值多少钱，我都不想打听，也不想卖，只是对它的喜爱。闲来无事翻一翻，不但能欣赏，还能追寻那些流失的岁月，这是多么惬意的一件事儿啊！

收集烟盒中的趣事

我在收集烟盒的过程中，也发生过一些小事和趣事，现在摘两则供大家一笑。

1970 年的初秋，我从宁夏生产建设兵团回北京探亲，一天到西单商场去买东西，我发现马路旁边有一个烟盒，于是就捡了起来，这时过来一个戴墨镜穿格衫的人，走到我身旁说："哥们儿，捡到什么好东西？见面分一半。"说着一把从我的手里抢去，发现是一个空烟盒时，气哼哼地说："呸！真晦气，一个烂烟盒。"说着一下把烟盒扔在地上，又踩了一脚，然后扬长而去。我再一次捡起烟盒，用手抹了抹上面的尘土，小心翼翼地放进兜里。

又有一次，我到我们门口的小铺去买黄酱，准备吃炸酱面，我刚递上碗，这时从门外进来一个蹬三轮的，有四十多岁的年纪，头戴一顶破草帽，脖子上还搭着一条破手巾，进门之后，二话不说，当的一声，往柜台扔了一个二分钱的钢镚儿，说："掌柜的，来两支烟。"看来这主儿还是个急茬儿。那时的烟在小铺可以拆开来卖，就拿"工农"牌香烟来说吧，这是北京卷烟厂生产的烟，在小铺卖 2 毛一盒，拆开卖，一分钱一支，这样大大方便了又穷又有烟瘾的人。掌柜的连忙从烟盒里拿出两根烟递给他，只见他把一根夹在了耳朵上，另一根烟叼在嘴里，说："借您的取灯儿（火柴）用一下。"说完拿过火柴点燃了香烟，美美地抽上一口，说声谢谢，然后还了火柴出门蹬上三轮而去。

这时我也买完了酱，对掌柜的说："您那个空烟盒能给我吗？"她说："小四，我这儿还有好几个呢，都给你吧。"我连声称谢，拿上几个空烟盒回家了。我为什么高兴呢？因为这几个空烟盒都是新的，一点儿都没损坏，多好呀！别看"工农"牌香烟才 2 毛钱一盒，但有着时代的烙印，它才显得珍贵。

要说珍贵，我还保留着一张"欢庆"牌烟盒，这是上海卷烟厂出品的香烟，上面图案上有 1949 – 1979 字样，还有"庆祝中华人民共和国成立三十周年"字样，就显得格外珍贵了。

不是结局的结局

如今，我已退休几年了，闲来无事，就经常把烟盒拿出来把玩一番。由于我把这些烟盒已经装饰成册，按地区排列好，能使人一目了然。

重点地区的烟盒有北京烟、上海烟、天津烟、云南烟、贵州烟、河南烟、陕西烟、宁夏烟等，这其中有许多的精品烟盒。

每次看一看，仿佛使人进入一个丰富的艺术世界，仔细欣赏，细细品味，真给人以美的享受。

总之，收集香烟盒给我带来的是无穷的乐趣和享受。可以说是苦中有乐，而乐在其中啊！

享受秋天

记得我上小学二年级的时候，就有一篇课文《秋天到了》，至今让我记忆犹新，课文如下：秋天到了，天气凉了。……一群大雁往南飞，一会儿排成个“人”字，一会儿排成个“一”字。

在咱北京可以说是四季分明，就这四季而言，就像一首歌里唱的那样：北京最美是秋天。这点对我这个老北京人来说，真是深有体会。所以我认为，在北京还是秋天最好。为什么这么说呢？恕我直言，春天本来很不错，但美中不足，北京干旱少雨，自古就有“春雨贵如油”之说，所以北京的春天，时常会刮起大风，卷起漫天的灰尘，让人生厌。而夏天既漫长又无奈，闷热的桑拿天真让人难以忍受。您说，老吹空调、电扇能行吗？不得病呀？冬天，北京干冷干冷的，这几年降雪很少，几乎没有，所以感冒的人特多，您说是不是？

根据以上所说，相比之下，北京的秋天最好，许多的文人墨客都称秋天为“金色的秋天”，那我们就要充分利用这美好的秋天，纵情地享受一下。

我首先要说的就是气候。常言说：一场秋雨一场寒，十场秋雨穿上棉。这话一点儿不假。进入9月之后，难耐闷热的夏天就要结束了。一场秋雨过后，空气中有了凉意，天变高了，云变淡了，天空瓦蓝瓦蓝的，使人感到非常舒适。这不冷不热的气候，令人的心情变得非常愉快。去年的“十一”，三哥从市里到昌平来看我，来时还穿着短袖衬衣。他毕竟也是六十多岁的人了，有人问他：“您不怕凉吗？您真够棒的！”他总是笑着说：“真给我热怕了，好容易凉快了，我要好好享受享受！”

多么好的气候啊！我也要好好地体验体验气候中的享受。

接着我要说的就是美食。

秋天是收获的季节，粮食收完了，各种蔬菜瓜果成熟了。就拿我们昌平来说吧，又大又甜又鲜艳的大苹果下来了，最有名的就是富士，昌平每年都要举办苹果文化节，到时候，优质的苹果供您采摘品尝，那是多好的一件事啊！

说到昌平，还有许多的特产，大盖柿、大枣、核桃、葡萄、山里红等水果都非常有名，到时您连玩儿带采摘，多美！

秋天蟹肥鱼美，著名的阳澄湖大闸蟹在各大超市均可买到，它也上了百姓的餐桌，供您品尝。除了蟹之外，鱼也肥了，莲子下来了，鲜藕上市了，饭店里的火锅也开始火了。

这么多的美食等您享受，我把它称作舌尖上的秋天。

春天的北京是美丽的，而秋天的北京更是令人向往。北京的各大公园纷纷推出各自的各有特色的花展，令游客眼花缭乱。而如果在这秋高气爽的秋天，到京郊一游，您就会发现那漫山遍野的野菊花定会使您心旷神怡。此时不由得想起黄巢的诗句："待到秋来九月八，我花开后百花杀。冲天香阵透长安，满城尽带黄金甲。"

观赏红叶又是秋天的一大特色，香山公园每年都要举办红叶节，那里的确是一个观赏红叶的好去处。但那里每天乌泱乌泱的人，人太多了，何必扎堆呢？您不妨到昌平蟒山森林公园来，那里的红叶比香山毫不逊色。您只要沿着蟒山登阶而上，美景就会展现在您的面前，那满山的红叶，似火焰，似晚霞。那漫山红遍层林尽染的壮观景色，会使您想起杜牧的名诗《山行》："远上寒山石径斜，白云生处有人家。停车坐爱枫林晚，霜叶红于二月花。"此时的景色多么像一幅美丽壮观的中国山水画啊！

在这美好的秋天里，应该称作视觉上的享受。

在感受视觉上的享受的同时，心情也随之开朗愉快。要知道心情的愉快可是健康长寿的一大法宝啊！

在这金色的秋天里，有着几个节日，而这几个节日是那么的温馨，那么的亲切，那么的美好，那么的惬意。这真可谓是心灵上的享受！

9 月 10 日是教师节，这个节日的设定，体现了党和国家对教育的高度重视和对教师们的尊重。作为一名老教师，我深感欣慰，自己在教育战线工作了 35 个春秋，我热爱教师工作，力争做好每一件事，才能对得起每一个孩子。直到退休之后，每逢节日，学生们还能来看我，我的心里是多么的高兴啊！

每年农历八月十五是中秋节，在我国是仅次于春节的一个美好的节日，是辛勤工作了一年的人们庆丰收的节日。全家人聚在一起，对着一轮明月，品尝着甘甜的美酒，伴着香甜的月饼，畅谈着一年来的亲情趣事，是多么惬意啊！

10月1日是国庆佳节，这个节日是隆重和热烈的节日，每个中国人都会被祖国的强大震撼，都会为祖国的繁荣而骄傲。祖国就是我温暖的家，我在您的怀抱里幸福的长大。我感到无比的幸福和自豪，因为我是一个中国人！

农历九月初九是重阳节，每逢这一天，儿女们都会回到自己父母的身边，为老人献出一片真心的祝福。如果有条件带上老人去郊游，登高赏菊，观赏红叶，去领略大自然的风光，那是多美的一件事啊！

道不尽秋天的亲情，说不尽秋天的好处，国家给我们安排了十一黄金周小长假，10月1日－7日，共7天时间。您一定要计划好，安排好。让我们尽情地品味秋天，好好地享受一下秋天吧！

记忆中的月饼

在我国，农历八月十五中秋节，是仅次于春节的一个民间美好的节日。中秋节是庆贺丰收喜悦心情的节日，是一个阖家欢乐的节日，全家人在一起吃月饼，品瓜果，喝茶赏月，是多么惬意呀！

而我认为，吃月饼才是中秋节的主题。

这不，离中秋还有很长一段日子，在北京的各类卖食品的商店，连同各大超市，“月饼大战”逐渐地拉开了序幕。尤其是在各大超市，商家理解顾客的心情，把月饼柜台移到刚进入口处，各种盒装、块装、散装的月饼应有尽有，琳琅满目，堆得像小山一样。再加上促销员的吆喝，顾客想不看都不行。这种热闹火红的气氛一直延续到八月十五这一天。

我是一个老北京人，平时又喜欢吃点儿甜食，所以，对于月饼也是由衷的喜爱。

在我的记忆中，就记得自来红、自来白这两种月饼。那时我家住在牛街的一条普通的小胡同的大杂院里，每到八月十五，母亲总是到牛街副食商店买上几块儿自来红和自来白月饼。后来同院的刘伯伯（也是回民，在西四清真小吃店工作）向我介绍了这两种月饼。他说：“咱北京人吃的自来红和自来白，红的用烫面，白的用冷水和面，做出来就是一红一白，自来红以白糖、冰糖粒、果仁、桂花、青红丝等果脯为馅儿，外皮上有个棕色的圆圈，很是古朴。而自来白则显得秀气些，皮儿上的圆圈是红色，很是好看。”尤其是20世纪50年代和60年代，能吃上自来红或自来白真是莫大的享受。

最让我忘不了的是1964年的中秋节，大哥从朝阳门外到牛街看望老妈，带来了八块月饼。这月饼是用纸包装的（那时没有盒），方方正正两包，用纸绳捆着，上面还有彩纸装饰，非常好看。这纸包有些地方都被油浸透了，看着就香。

打开包装纸后，里面的月饼比自来红、自来白大多了，周围有带棱的花边，上面还有“五仁”两字。后来我才知道这种大块月饼叫“提江”。掰开之后，里面的馅儿就露了出来，里面的五仁分别是：核桃、花生、瓜子、杏仁、芝麻。那里面真是充实，真材实料，薄皮大馅。吃到嘴里，满口甜香，就连面皮也不像自来红、自来白那么硬，细腻、松软、鲜香。

可以说，那年的五仁月饼是我吃到的最好的月饼，使我难以忘怀。每当想起总是引出那一丝甜香、一缕亲情、一种怀念、一个向往。只可惜，这么多年了，一直没再吃到过那样的月饼。

现如今是市场经济，月饼的品种逐年增多，改良月饼花样更新，什么凤梨月饼、草莓月饼、南瓜月饼、哈密瓜月饼，还有单、双蛋黄月饼等，自己试吃了几次，说实在的，都不怎么样。倒是板栗月饼、豆沙月饼、黑芝麻月饼、枣泥月饼等还可以接受，但也不太喜欢。

说自己怀旧也好，守旧也好，总是忘不掉那记忆中的月饼。那实实在在的“五仁”，还有那古朴香甜的自来红、自来白……

说几种有趣的童年游戏

我是祖国的同龄人。生长在北京市宣武区的牛街，那里是我的故乡、我的根。在那古朴的小胡同的大杂院里，留下了我童年美好的记忆。我就跟您聊一聊儿时那些有趣的游戏，如果您的年龄和我差不多，一定会勾起您的一些怀旧之情。

其一：登山棋

您一听这名就有点儿奇怪吧，您可能没听说过，我跟您说一说。

我是在北京市宣武区广安门内大街第一小学上小学的，记得那是 1962 年，我上小学四年级。通常我们上半天课，下午课外小组活动。我们学习小组有四个人，每当做完作业，就开始疯玩儿。我们玩儿的内容可丰富了，玩棋就是其中的一项。我们不像大人们玩围棋、象棋，我们一般玩军旗、跳棋，再不就玩老虎棋（一种在地上画盘的石子棋）、两子棋（又称瞎子跳井，也在地上玩）。那天组长杨宗泽说："今儿个咱们玩登山棋。"大家伙儿一听挺新鲜，什么是登山棋，没玩儿过。他说："这是我自己做的一种棋，我给它起名叫登山棋。"说着就把棋拿出来，我们几个一看，这棋盘有两张 A4 纸大小，上面用彩色铅笔画的画儿，还挺好看，棋盘从正面的右下角开始，弯弯曲曲地画了一条盘山道，经过反复曲折最后到达终点的山上，终点也就到了棋盘的左上角。山上画着一面小红旗，谁先到达山顶，谁就赢了。

这条登山的路上充满了趣味，有幸运，也有挫折。从起点 1 开始，到达山顶需要走 60 个点，60 个点就是 60 个小圆圈，这小圆圈画的只有一支铅笔的直径大小，里面写着数 1 — 60，这途中需要过山冈、过激流、攀悬崖、过陷坑、遇山涧等。

另外，他还拿一张厚纸板做了一个小圆盘，盘上以中心为准向四周画了六个格，分别写了 1 — 6 的数字，圆盘上又做了一个类似钟表的指针，再用一个大头针把指针钉在圆盘上。

玩的时候，我们学习小组四个人都参加了，由组长先走，只见他一转圆盘上的大头针，指针就转起来，最后指针停下，指针的箭头指向几，就走几步。棋子是木头做的，类似跳棋的棋子，一共有六个，分别为六种颜色，每人拿一个棋子，记住自己的颜色就行。一个人只能转一次，比如指针指到 4，你拿着自己的棋子从棋盘上的小圆圈的 1 开始走，数到 4，就把自己的棋子放在 4 的位置上，下一个人接着转，以此类推，四个人都转完了，又开始下一轮，直到 60 个数字走完，到达山顶摘红旗，就算赢了。

那天我的运气相当好，有几次都转到 5 或 6 的数字，在这个小圆圈的底下写了一句话："爬天梯由此升到 12。"您说快不快？有时也碰到倒霉的数字，如"遇到陷阱从 26 降到 18"。总之，这棋非常好玩儿。由于我的运气好，一会儿就到了山顶，组长是第二名，王登坡是第三名，而于得水是最后一名，他最倒霉，不是遇到山崖，就是碰到陷阱，好不容易走到了 32，又遇上了激流，一下子被冲回了起点，还得重新再来。最后，我笑了，他哭了。您说，我是不是有点儿"不厚道"？其实那时我们都是孩子，就是个玩儿，就那么回事！

后来，这种登山棋在文化用品商店也有卖的了，还不贵，两毛多一副，买的人还挺多，不过，大部分都是孩子。

其二：大官说，小官打

这是一种文字游戏，很好玩儿。

在玩儿之前，先用一张不大的纸，把它裁成四小块，分别在上面写上字，即"大官说""小官打""张三跑""李四追"，然后把纸紧紧地叠起来。

这个游戏由四个人来玩儿，玩时，由一个人把叠好的纸往空中一撒，落下来后，每人抢到其中的一块儿，然后散开，悄悄地把纸打开，看看里面的字，如果抓到"张三跑"的人马上跑开，由抓到"李四追"的同学去追，而抓到"大官说"和"小官打"的人，两个人把对方的手牵住，架起一个拱桥，而"张三跑"在跑动中被"李四追"抓住，"张三跑"就输了。反之，在跑动中没有被抓住而穿过拱桥就赢了。谁输了谁受罚，怎么罚由"大官说"说了算，由"小官打"来执行，一般的是打手板，还边打边唱："打的打，饶的饶，骑着黄马过黄桥，问问老爷饶不饶？不饶我再接着凿。”大官说：“饶了。”这一场就算完了，然后开始下一场；如果不饶，比如刮两下鼻子、弹两下脑门儿等也是有的，直到饶了为止。

这个游戏非常有趣，在校园里，在胡同里，我们这些孩子经常在一块儿玩儿，因此也就留下了许多的欢乐，留下了许多美好的回忆……

其三：打沙包

打沙包这个游戏是我们当时小学校园里常见的游戏之一。玩之前要先准备一个沙包，这沙包都是我们自己做的（有的家长帮助做的），沙包有两种：一种是方形，一种是三角形。做法简单，找一块儿结实的旧布头，先做成小口袋，里面装上沙子，然后再缝紧就行了。

玩时找一块空地，在两头画两条线，两条线之间的距离有10多米，四个人、八个人都可以玩儿。就拿八个人来说吧，八个人分成甲乙两组，四人一组，甲组站在两线之间，而乙组的四个人另有两人站在两头的线外，用沙包投打场中甲组的四个人。这场中的四个人可以躲，可以闪，不让沙包打中，在两头来回奔跑，但不能出线。而另一头乙组的人捡到沙包又投打过来，周而复始，如果场中的人被沙包打中，就被罚下场。四个人如果都被打中了，就换成乙组站在场中，由甲组的人投打。有趣的是，如果场中的人在不被击中的同时又能接住投过来的沙包，就积1分，还能救助被罚下场的同伴重新上场。

这个游戏非常好玩儿，来回奔跑在无形之中就锻炼了身体，投沙包又练习了准确性。在玩中还充满了乐趣，是我们最爱玩的游戏了。

以上说的三种游戏，只是在我们金色的童年里所玩的游戏中的一部分，我们那时玩的东西真是太多太多了，至今想起来还是那么温馨，那么令人难忘……

空竹声声满京城

在我儿时的游戏中，抖空竹是一项很不错的选择。

我是一个老北京人，50后。二十世纪五六十年代，在咱北京的胡同中、庭院里，您经常会听到空竹声。嗡嗡的声音，有时候像一团蜜蜂在飞，有时候像牛叫，非常好听、悦耳。尤其在过年的前后，空竹声充满了北京的大街小巷，在红红火火的气氛中，形成了京城一景，那才叫年味！

空竹，顾名思义，它是用竹子做成的，分为单轴和双轴，在圆轴的一端或两端的中心，安上周围有几个小孔（竖形）的圆盒，因为圆盒是双层空心的，抖时就会响。而大多数人都喜欢抖单轴的。抖时，准备两根小竹竿（手指粗细，40厘米长）在两头拴上一根小线就行了。

这单轴的分为6响、8响、10响、12响等。最小的6响直径只有10厘米左右，响儿越多圆盒也就越大，到了12响的时候，直径也就到了16厘米左右，而且空竹越大抖起来就越响，如12响的空竹听起来声音显得非常浑厚，像交响乐中的大贝斯。那时的空竹也相当便宜，像我儿时在厂甸买的6响的空竹只花了6毛钱，而12响的空竹也就一块多钱。

这单轴的初学时很不好抖，经常掉在地上，那时院子里、胡同里都是土地，也摔不坏，不过，时间长了也受不了。所以，初学时可以用一个缸子盖或茶碗盖练习，学得差不多了再学抖空竹，有时还跟着空竹转圈跑。经过一段时间的练习，慢慢地就掌握了空竹的性能，就能抖响了。时间长了，越抖越熟练，还能玩出几个花活，如抖着抖着用小线一弹，把空竹抛在空中，然后等它落下时接住，继续抖。又如一侧身，利用惯性把空竹放在地上，让它在地上旋转，然后再兜起来接着抖。类似这类的玩法，我们院里的崇良和小伟玩得最好，而我跟他们比起来就差得太远了。

要说这空竹真是太好了，首先，它老少咸宜，从8岁的幼童到80岁的老翁（在身体的许可下）都可以玩。而且不分季节，一年四季都可以玩儿。其次，它是一项很好的健身运动，抖空竹时用两臂的力量，结合身体的其他部位，通过手、眼、身、步等动作，才能把空竹抖起来，而且越用力抖得越响。如果在冬天的三九天，一会儿就一身汗，这我深有体会。

还有就是它不受场地的限制，胡同里，庭院中，只要是有一小块空地就能玩儿，您看多好！

就是这么一个小小的空竹，给人们带来了无限的乐趣，真的很不错。

匆匆几十年一晃而过，如今那嗡嗡的空竹声已经很难寻觅，偶尔看见只是在电视中杂技表演时，这不能不说是一种无奈……

说　雪

那天是小雪节气。

清晨，一场大雪如期而至，我站在窗前，望着这漫天的大雪，纷纷扬扬的雪花，心中涌出无限的感叹，啊，这真是一场好雪呀！

对于雪，许多人都有着一种期盼、一种喜悦，对于我也是如此。回想起儿时，在北京的小胡同里，与小伙伴们一起打雪仗、堆雪人、滚雪球，那是多么高兴的一件事呀！

我国自古以来就有“瑞雪兆丰年”之说，大意是说，这个冬天如果下了几场大雪，来年必定是个好年景，粮食大丰收，生活大改善。可是近年来，尤其是去年，北京的冬天很少下雪，人们多么盼望下一场大雪呀！可是盼来盼去净是失望。今年好了，刚一入冬，就下了第三场雪，我把它记在日历上，看一看今年能下几场雪。

说到雪，一代伟人毛泽东的诗词中，有好几篇都是赞雪的，其中的一篇也是最有名的就是那首《沁园春·雪》了。伟人以他宏大的气魄和伟大的胸怀，道出了雪的美景和壮观，词中道：“北国风光，千里冰封，万里雪飘。望长城内外，惟余莽莽；大河上下，顿失滔滔。山舞银蛇，原驰蜡象，欲与天公试比高。须晴日，看红装素裹，分外妖娆……”他在另一首词《卜算子·咏梅》中，不但赞美了梅花，也赞美了雪，诗中写道：“风雨送春归，飞雪迎春到。已是悬崖百丈冰，犹有花枝俏……”多么美的意境啊！他在《七律·冬云》中是这样说的：“雪压冬云白絮飞，万花纷谢一时稀……梅花欢喜漫天雪，冻死苍蝇未足奇。”此外，他还有多首说到雪的诗词，在这里就不一一说了。

说起雪，我国的许多文人墨客用诗、用词、用句、用文等文学方式去写雪，写雪与人的故事，例如我国的古典四大名著中都写了有关雪的章节。

先说《三国演义》，在书中第三十七回“司马徽再荐名士，刘玄德三顾茅庐”中写道：“时值隆冬，天气严寒，彤云密布。行无数里，忽然朔风凛凛，瑞雪霏霏，山如玉簇，林似银妆。”此段不单写出了雪景，更写出刘备不惧严寒求贤似渴的心情。

又如《水浒传》中，描写雪景的有好几处，其中一处是第十回：“林教头风雪山神庙，陆虞候火烧草料场。”书中写道：“正是严冬天气，彤云密布，朔风渐起，却早纷纷扬扬卷下一天大雪来。……（林冲）把花枪挑了酒葫芦……信步投东。雪地里踏着碎琼乱玉，迤逦背着北风而行。那雪正下得紧。……那雪越下的猛，但见：凛凛严凝雾气昏，空中祥瑞降纷纷。须臾四野难分路，顷刻千山不见痕。银世界，玉乾坤，望中隐隐接昆仑。若还下到三更后，仿佛填平玉帝门。”这一回写了林冲被奸臣高俅所害，被逼上梁山的故事。这个故事可谓家喻户晓，并被改编成戏剧、电影等。而我最熟悉的莫过于小时候看的小人书了。但书中写雪景的场面，却有独到之处。

《西游记》中描写雪景故事在第四十八回“魔弄寒风飘大雪，僧思拜佛履层冰”。这一回写的是唐僧师徒路遇通天河的故事，书中写道：“师徒们都睡不得，爬起来穿了衣服。开门看处，呀！外面白茫茫的，原来下雪哩！行者道：‘怪道你们害冷哩。却是这般大雪！’四人眼同观看，好雪！但见那：彤云密布，惨雾重浸。彤云密布，朔风凛凛号空；惨雾重浸，大雪纷纷盖地。真个是：六出花，片片飞琼；千林树，株株带玉。须臾积粉，顷刻成盐。白鹦歌失素，皓鹤羽毛同。平添吴楚千江水，压倒东南几树梅。却便似战退玉龙三百万，果然如败鳞残甲满天飞……那场雪，纷纷洒洒，果如剪玉飞绵。”这段描写大雪的文字写得多好呀，充分体现了作者的功底。

在古典四大名著中，《红楼梦》写雪景的场面最精彩，书中第四十九回“琉璃世界白雪红梅，脂粉香娃割腥啖膻”写道：“（宝玉）一面忙起来揭起窗屉，从玻璃窗内往外一看，原来不是日光，竟是一夜的雪，下的将有一尺厚，天上是搓绵扯絮一般。……出了院门，四顾一望，并无二色，远远的是青松翠竹，自己却似装在玻璃盆内一般。于是走至山坡之下，顺着山脚刚转过去，已闻得一股寒香扑鼻。回头一看，却是妙玉那边栊翠庵中有十数枝红梅如胭脂一般，映着雪色，分外显得精神，好不有趣！”这段文字，没有写雪下得如何，只是一个“静”，静中有景，雪中有花，真可谓是妙笔生花了！

说不尽的雪情，道不尽的雪景。此刻，窗外的雪下得正紧，我奋笔疾书。写下了上述文字，是对雪的一种寄托、一种思念、一种遐想、一种渴望……

三朵金花

三朵金花，自然都是女性。而在她们的名字里都有一个“金”字，所以，称她们是“金花”无可非议。她们一个是我的老师，一个是我的戏友，一个是我的同族。她们都可以说是我的红颜知己，下面我就一一道来。

先说第一朵金花刘金玲。

刘金玲是通过我们业余评剧队的队长兰桂英大姐认识的，那是在 2000 年的一天，兰大姐对我说：“你是老师，你把咱们评剧队写一写，送到《昌平周刊》，我认识那儿的一个记者叫刘金玲，写好后给她就行。”于是我就写了一篇报道《说说我们的评剧队》，送到了刘金玲手里。没想到，过了几天居然发表了。从此我就认识了刘金玲。

刘金玲三十岁出头的年纪，不高不矮、不胖不瘦的身材，短发，戴着一副眼镜，更显得精明、秀气、文质彬彬。在以后的日子里，我写了多篇新闻报道，多次刊登在报纸上。一年后我被聘为《昌平周刊》的通讯员。在她任报社学校部主任期间，亲自到我们学校去采访，我们学校是昌平区史各庄中心小学所属的定福皇庄回民小学，她是坐公交车过去的，下车之后还要步行挺长的一段路才能到学校。那天到学校后通过对老师和学生的采访，我和刘金玲共同写出报道《柿子熟了之后》和《美丽的秋天》两篇报道，都登在《昌平周刊》上，并附有照片，引起了很大的反响。

2003 年的一天，我去报社送稿件，交谈中她对我说：“你的文笔不错，是不是可以写一些文学方面的文章？”我说：“没写过，不知道怎么写。”她鼓励我说：“大胆去写，没什么难的。”于是我的第一篇文学作品散文《美哉，昌平的山》问世了，我心里很高兴。刘金玲对我的文章给予肯定，同时指出了不足和需要注意的地方，以后我又连续发表了几篇散文作品，使我写作的信心大增。从 2003 年开始到现在，我先后在《北京晚报》《京郊日报》《中国电视报》

《北京广播电视报》《北京纪事》《首都公共文化》《章回小说》《昌平文艺》《军都文苑》《昌平报》《老年之声》等报纸杂志上发表散文、随笔、诗歌、评论、歌词、相声、小品文艺作品50多万字。2014年在北京燕山出版社出版了我的散文集《牛街琐忆》。可以说刘金玲是我的文学引路人，也是我的良师益友，我非常感谢她。

再说说第二朵金花张金英。

说起张金英，她在北京市宣武区（现在叫西城区）可是很有名气，因为她是一名著名的评剧票友。

我认识她是在2001年6月里的一天，我到陶然亭公园玩，在湖的北岸传来唱评剧的声音，我循声而去，那里聚集着许多人，人群中大部分都是中老年人，大家都聚精会神地听一位女士在唱评剧《刘巧儿》中的唱段“采桑叶”，唱得非常好听。这位女士有40岁左右的年纪，不高不矮、不胖不瘦的身材（和刘金玲的身材差不多），脸上看，比较丰满，细眉大眼，皮肤白皙。有人告诉我，她就是张金英。当她唱完之后，博得了大家一片热烈的掌声。然后，又一个票友上去唱了。

我这个人兴趣喜好较多，其中唱评剧就是其中的一项。我特别喜欢著名的评剧艺术家马泰先生的戏，他的那些精彩唱段差不多我都会。不是跟您吹，我在小学四年级（那时我才12岁）的时候，那是1962年，话匣子（收音机）里马泰教唱《夺印》选段“劝广清”，我很快就学会了。以后越发不可收拾，我先后学会马先生的许多唱段。这暂且不提，咱们还是继续说张金英吧！

我当时也唱了一段，她听后连连称赞。于是，我们就聊了起来，当她知道我是牛街人时，非常高兴，并告诉我每星期二在陶然亭活动，星期五在北海的五龙亭活动，欢迎我去参加，并互留了电话。2005年10月的一天，她打电话告诉我，她们要在宣武区文化馆礼堂上演评剧《杜十娘》，让我准时参加并担任剧场主持人。那天我准时到达，坐上中国评剧院的班车到达宣武剧场。那天的演出是整场戏，全部彩唱，她饰演的杜十娘扮相俊美，嗓音清亮，不论唱功还是身段，都显示了她不凡的功底。博得了全场观众一次又一次的热烈掌声。那天我除了担当主持人外，换戏之间，我也唱了两段清唱，一段是《水乡三月风光好》，一段是《三月三》。我的演唱也赢得了热烈的掌声。那天的演出非常成功，我没想到张金英不但新派（新凤霞）唱得好，对于白派（白玉霜）的戏也唱得挺棒，整个一个白派大青衣。

再以后，我多次被张金英叫去乡下演出，全部彩唱。每次我除了主持节目，还清唱评剧选段，博得了一致好评。可以说，张金英是我的铁杆戏友，我也非常佩服她。

最后说说第三朵金花马金玲。

我祖居在北京市宣武区的牛街，老北京人都知道牛街是北京回民的聚居地，我也不例外，也是回民。而马金玲也是回民，我们称得上是回族的兄妹了。

在三朵金花中，马金玲最漂亮。虽然已到中年，但依然光彩照人，和以上两朵金花一样，也是不高不矮、不胖不瘦的身材，而且显得很苗条。脸上看，弯弯的眉毛又细又长（绝对的天然，不加修饰），大大的眼睛又黑又亮，还是双眼皮。笔挺的鼻梁，嘴向上翘着，总是一副笑模样，她总是爱笑，一笑便露出一排整齐洁白的牙齿，非常抢眼，好看。再配上她那一头的长发（平常她的发型是扎一个马尾式），真是美极了。

2010年的开斋节，我到昌平清真寺去参加节目活动，正好看到她也在寺里忙着，她看见我显出很惊喜的神态说："您来了，没想到您也是回民！"以前，我和她只是一般的认识，并不熟，但从那以后，我们逐渐熟悉起来，谈到我是牛街人时，她更是高兴，谈到回族人的老礼儿和生活习惯她更是津津乐道。

作为一个回族姑娘，我了解到，她对自己的民族特别钟爱，她经常去昌平清真寺去洗礼和做礼拜，如果赶上回民的节日，如开斋节、古尔邦节等，她更是忙得厉害，帮助寺里干很多活儿。平日里如果寺里有什么事，她总是随叫随到，而且把事情做得非常好。她跟阿訇学念经（《古兰经》），学礼拜，掌握了不少回族文化知识。我经常写作，有相当一部分是写牛街方面的文章，有搞不清的地方，我还得请教她，每次她都能圆满地帮我解决。

所以说，对马金玲来说，她是我同族异性朋友，她对我像老哥哥一样的尊重，我的心里真是高兴。

常言说：人生难得一知己，而三朵金花可以说是我的红颜知己。我知足了，可见，人生是多么的美好啊！

漫谈饺子

中国有一句俗语：好吃不如饺子，舒服不如倒着。

饺子，源于古代的角子，有更岁交子之意。它是由南北朝至唐朝时期的“偃月形馄饨”和南宋时的“燥肉双下角子”发展而来的，距今已有一千四百多年的历史。千百年来，饺子因其鲜香味美而深受人们的喜爱，流传至今，它成为中华饮食文化的一个重要组成部分。

说起吃饺子，在我国还有许多讲究呢！

春节，在我国民间是一个重要的节日，俗称“过年”。是一个喜庆、祥和、热闹、欢庆的节日。而吃饺子在节日期间是必不可少的，早已形成一种风俗，一种习惯。年三十那天，全家人吃完了年夜饭，就开始准备吃饺子了。这包饺子真可谓是其乐融融，极其热闹，透着红火。您就看吧，剁肉馅的、洗菜的、拌馅的、和面的、擀皮儿的、包的……欢声笑语洒满人间。

当初一的钟声响起时，饺子就下锅了，吃饺子取“更岁交子”之意，“子”为“子时”，“交”与“饺”谐音，有喜庆团圆和吉祥如意的意思。

还有的家庭，在包饺子的时候，往饺子里放上硬币，如果谁要是吃到了带硬币的饺子，就非常高兴，认为是最有福气的人。

初五那天，俗称是“破五”，也是吃饺子的日子。在过去，“破五”以后买卖店铺就开始营业了，图吉利，财源滚滚，真应了那副对联：生意兴隆通四海，财源茂盛达三江。

除了上述所说之外，在我国还有吃饺子的日子，比如入夏以后，到了伏天，就有“头伏饺子二伏面，三伏烙饼摊鸡蛋”之说。

入冬之后，到了冬至节气，又是吃饺子的日子，美其名曰“安耳朵”。意思是说，如果这天不吃饺子就会冻掉耳朵，您还别说，这饺子真有点儿像耳朵。

在我国有许多的歇后语，关于饺子的歇后语我知道的有两条，其一，哑巴吃饺子——心里有数。其二，茶壶里煮饺子——有货倒不出。您听，这歇后语不但有趣，还有说道呢！

小时候听过一个有关饺子的小故事，在这里也跟您说说，说的是明朝末期，闯王李自成率领农民军打进北京。进京之后他问手下人，什么最好吃？手下人说是饺子，李自成吃过之后，果然大声称赞，于是每天吃饺子，一直吃了十八天。由于吴三桂投降清朝，引清兵入关，李自成被赶出北京。后来有人说李自成能当十八年皇帝，因为那时老百姓每逢过年时才吃饺子，一年吃一次，李自成一连吃了十八天，自然就把十八年的时光提前过完了，所以他也就败了。这只是一个传说，一个小故事而已。

关于饺子就给您说到这儿，不过，在我国有些地方把饺子叫作扁食，我不知道是什么意思，我想这也许是饺子的另一个别称吧！

现如今，不管是饺子也好，扁食也好，在老百姓的心中已成了家常便饭，想什么时候吃就什么时候吃。自己做其乐融融，随心所欲。懒点儿的话，到超市买点儿速冻的，回家一煮就得。实在来不及，就到饺子馆点上您喜欢的饺子，那也不错。

在我国还有一句俗话："饺子就酒——年年有。"好喝一口的您就来上一盘饺子，弄上二两白的，嗞溜一口酒，叭嗒一口饺子，嘿，多美！

钢笔因缘

钢笔是一种书写工具，没什么神奇的。可对我来说，它就是一个忠实的朋友，伴随着我度过了多彩的人生。

我是一个老北京人，是新中国的同龄人。在二十世纪五六十年代，钢笔可是一种时尚的东西，是有文化的象征。那时的人们都注重文化，突出的一点就是在所穿的上衣的上兜里别上一支钢笔，既显得有文化，还透着体面。那时，在咱北京的大街小巷里，您会经常看到这样的人。

钢笔的产生，也带动了一些商机，在这里我不说钢笔厂每年生产多少支钢笔，我说的是，那时在北京的小胡同里一年四季都有走街串巷的买卖人和手艺人。他们以各种吆喝声招揽生意。我在另一篇散文《说说老北京的吆喝声》中有过介绍，在这里我就不多说了。修理钢笔的就是其中的一位，他的吆喝声比较简单："修理——钢笔——"最后的"笔"字还有一个甩腔，很是好听。

那时话匣子（收音机）里您能听到侯宝林、郭启儒说的有关钢笔的相声，现回忆一小段："甲：我别一支钢笔。乙：您是小学文化。甲：我别两支钢笔。乙：您是初中文化。甲：我别三支钢笔。乙：您是高中文化。甲：我别四支钢笔。乙：您是大学文化。甲：我别五支钢笔。乙：那——您是修理钢笔的。"您听，这相声有点儿意思吧！

我接触钢笔比较晚，那时都穷呀。虽然那时的钢笔不是很贵，有几毛钱一支的，有一块多钱一支的，但还是买不起，净用了铅笔了。直到上小学五年级，跟老妈磨着要钱才花了一块二给我买了一支钢笔。这支钢笔我非常喜欢，用了很多年。

1975 年，我走上了工作岗位，当了一名小学教师，从那时起我才和钢笔结下了不解之缘。

因为老师经常要和文字打交道，要备课，写教案，还要做笔记，批改作业，等等，这一切都离不开钢笔。因此，开工资的第一个月，我就买了一支自己喜欢的钢笔，用它来书写教案，别提多好了！

20 世纪 80 年代末，一个偶然的机会，我在新华书店发现了我国著名硬笔书法家庞中华的一本钢笔字帖:《怎样写好钢笔字》，打开一看，我惊呆了，上面的字写得太棒了，有多种字体，如楷书、行书、隶书、仿宋等。我爱不释手，花钱买了一本。回家以后，越看越爱看，下决心好好学习。因为我总觉得作为一名教师，字一定要写好，尤其板书更为重要。我要对教学负责任，更要对孩子们负责任。于是，我就从笔画练起，一丝不苟地反复练习，那时真有些走火入魔的感觉。经过一段时间的练习，我的钢笔字有了明显的改观，同事们都说我写的字漂亮了，真不错。可是我并不知足。在 1993 年，我自费报了中国书画函授大学硬笔书法系去学习。经过两年的努力，我圆满毕业。因此，我的书法水平进一步提高。

我迷上了硬笔书法，先后学习了楷书、行书、隶书、仿宋等字体，并向艺术方面发展。可我从没有参加过展览，只是自己自娱自乐。有的同事或朋友跟我要一幅字，我就无偿地送上一幅，心里真是很高兴。原因很简单，因为我的字得到了认可！

我这个人兴趣爱好比较广泛。其中读书与写作是我的最爱。我从小就喜欢看书，儿时看小人书，到了上小学五年级开始就看大部头的小说了。直到现在这个爱好一直还在，可以说，每天必看，否则连觉都睡不踏实。

看得多了，自己就想写点什么。我从 2003 年开始文学创作，如散文、随笔、诗歌、评论、相声、小品、歌词等文学形式，在各种报纸杂志上发表作品 30 多万字。并于 2014 年由北京燕山出版社出版了我的第一部散文集《牛街琐忆》，受到广大读者的一致好评。

近年来，我文思泉涌，一篇篇文章在我的笔尖下流淌出来，然后投出去，让它变成铅字，把其中的快乐，与大家一起分享。

有的人说：现在都进入了电子信息时代，电脑网络进入平常百姓家，谁还用钢笔写稿子呢？都用电脑打字，又快捷又方便。像我的文友苗雨就这样说过，他说我是老八板儿，跟不上时代。其实，这其中的苦衷只有我知道，我的视力不太好，又近视又散光，我也曾去学过电脑，由于离电脑太近（因为远了看不清楚），一会儿眼泪就哗哗地流，根本没法看。我又不能戴眼镜。因为怕压迫神经，您说多麻烦。所以，我只能用钢笔。看来，我的钢笔之缘是铁定了，想离都离不开！

文章到这儿就要结束了，但我还要告诉大家一件事，与大家一起分享，那就是，我的儿子知道我喜欢钢笔，在我 50 岁和 60 岁的生日时，分别给我送上了钢笔，都是名牌，一支是“英雄”金笔，一支是“派克”金笔。您说多好！

三转一响一喀哒

也许，有的读者一看这题目，就觉得一头雾水，这是什么东西呀？

如果您的年龄段在六七十岁，您一看这题目就乐了：这东西太熟悉了！

那题目上的三转一响一喀哒究竟是什么东西呢？那我就告诉您吧。三转：自行车、手表、缝纫机。一响：收音机。一喀哒：照相机。

您别小看上述这五种东西，在20世纪50年代到80年代这几十年中，这几种东西在咱北京可以说是紧俏商品，尤其是在六七十年代，是最时髦的东西，也是人们梦寐以求的东西。有了这几件东西，您就会身价百倍，连搞对相都不发愁。可也是，在当时，女方向男方要的“彩礼”，也包括这几件吧！

先说说自行车。

在二十世纪的六七十年代，咱们中国可以说是自行车大国，因为北京的小胡同多，而自行车是人们最方便的交通工具。那时您就看吧，早晨六七点钟的时候，北京的街面上净是骑车上班的人，那自行车一辆挨一辆，如果赶上红绿灯，那自行车就连成一片。绿灯一亮，自行车群就像一条巨龙游向前方，很壮观。那可是当时咱北京的一大景观呢！

那时的人们对自行车充满了向往和热爱。尤其是年轻人，都渴望拥有一辆自己的自行车。当时的自行车有三大品牌特受年轻人的喜欢，一是上海产的“凤凰”牌，一是天津产的“飞鸽”牌，一是上海产的“永久”牌。这三大品牌都有两种型号：一种是28型，一种是26型。男青年喜欢28型，女青年喜欢26型。样式上也分为两种，一种是大链套单支架，一种是半链套双支架。这其中大链套会更受欢迎一些。颜色上一般都是黑色，女式26型也有红色，仅此而已。

在当时，像这样的紧俏商品一般情况下不单要钱，每辆车大约一百五六十块，而且还要票儿。这票儿是由厂子里发的。有了票儿还得起五更排队，才能买上一辆称心如意的自行车。像我们大杂院中的发小文山，那时也买了一辆飞鸽牌自行车，高兴得不行，买了不少的彩色玻璃丝，把车把、大梁都用玻璃丝缠起来，真的挺好看！没事儿的时候就擦他的自行车，把车擦得锃光瓦亮的，非常干净、美观。那时谁能骑上一辆28型大链套的新自行车走在胡同里都能招来人们羡慕的目光，自己也觉得非常牛气。

还有一种自行车不能不说，那就是半链套双支架加重自行车。那时“永久”牌和“红旗”牌加重自行车，价位在180元左右。这种车皮实耐用，后轮两边的铁支架能带好多东西，三四百斤的都不成问题。很受京郊人的欢迎。像赶个大集，进城送个粮、送个菜伍的，都非常实用，您瞧多好！

再说说手表。

在二十世纪六七十年代，手表算是高级的奢侈品，是人们追求向往的目标。如果谁能带上一块手表的话，那心里是美滋滋的，走在街上满脸春风。时不时地还抬起胳膊捋捋头发，其实是显摆他那块手表，让大伙都看一看，我也有手表了！

20世纪50年代末，上海手表厂出产的“上海”牌手表，走时准确，样式美观，深受广大人民群众的欢迎。而北京手表厂出产的“北京”牌手表也是一块响当当的牌子，也特受欢迎。而且这两种表的价格都是120元。您别小看这120元，搁现在不算什么，可在当时那也算一大笔钱呀！您想呀，刚入厂的学徒工一个月才挣18块钱，几年之后二十多岁了也才挣三四十块钱，每月刨去饭费、月票等杂七杂八的花销，要买一块120元的手表您说难不难哪？怎么办？就得从牙缝里挤，勒紧裤腰带，省吃俭用，努力攒钱，一年之后能买上一块手表就不错了！

到了20世纪70年代，上海手表厂推出了新产品，新款“宝石花”牌手表，那手表真是漂亮，高字平盘，尤其是手表上的一朵宝石花真是好看，能和外国名表梅花比美。我那时也20多岁了，1975年我攒了一年的钱，才买了一块“宝石花”手表，望着那亮晶晶的新手表，心里真是高兴。不怕您笑话，就是这块表，到现在我还用着。

那时除了我上述所说的国产表之外，外国名表在北京也能买到，我三哥参加工作比较早，他就攒钱买了一块“大罗马”，我记得他当时花了一百八九十元呢！这个价位对普通的人来说是可望而不可即的，能买上一块国产表就不错了。对了，我还记得当时的几种外国名表，如欧米茄、梅花、百浪多、英纳格、浪琴等。得，说说而已，买不起！

三转中最后一转：缝纫机。

过去穿衣也比较紧张，买衣服要布票儿。所以当时流传这样一种说法："新三年，旧三年，缝缝补补又三年。"那时家家差不多都有针线笸箩，里面装的都是针头线脑，杂布头儿伍的，用起来方便呗！那时的缝缝补补都是手工，如果能有一台缝纫机那该多好呀！

在七八十年代，缝纫机也就成了家庭追求的目标。一来，可以缝缝补补，补出来的衣服平整、美观，比手缝的好多了。二来，有些心灵手巧的姑娘、小媳妇能把旧衣服翻新，能改变衣裤的样式，能把大改小，真的挺棒！三来，摆在家里是件摆设，很有派。

当时，以上海产的"飞人"牌和"蜜蜂"牌最好，北京产的燕牌也很不错，价位都在150元左右，要想买还得勒紧裤腰带攒钱才能买。在我们家的胡同里，有好几家都有缝纫机，您瞧多好！

说完了三转，再跟您说说一响。

这一响就是收音机。过去在咱北京，老百姓都管收音机叫"话匣子"，也有叫它"戏匣子"的。那时没有电视机，而收音机就成了广大人民群众生活娱乐不可缺少的一部分。

我是共和国的同龄人，从小看的是新电影，听的是新广播。那时，收音机的节目真是丰富多彩，有戏曲，京剧您能听到很多的名家唱段，如梅兰芳、马连良、裘盛戎、袁世海等，也能听小白玉霜、新凤霞、马泰、魏荣元等评剧名家唱的精美剧目，也能听到侯宝林、郭启儒说的相声，也能听到李润杰说的快板书，此外还有山东快书、京韵大鼓、单弦等许多的曲艺节目，时常把人逗得前仰后合。还有袁阔成、连丽如等名家说的评书，真叫人听了上段想听下段。还有那胡松华、郭颂、马玉涛、郭兰英、杨昆、杨洪基等名家大腕演唱的歌曲，真是叫人百听不厌。少儿节目也很精彩，尤其是孙敬修爷爷讲的故事，是多么的吸引人呀！

不多说了，反正收音机挺招人喜欢的。可毕竟那时人们还穷呀，如果谁家能有一台收音机就挺不错的。就拿我们住的那个大杂院来说吧，杨伯伯是公共汽车的售票员，他家有一台5个灯儿的收音机，个儿挺大，"牡丹"牌的，价格我忘了，每次他一开收音机都能吸引同院的街坊，尤其是孩子们（包括我在内），都爱听里面的节目，其乐融融，真美好！

最后跟您说说一喀哒。

这一喀哒就是照相机。这照相机也是那个年代年轻人追求的目标之一。那时，在我的记忆中，照相机有两种，一种型号为135，一卷胶卷能照36张。一种型号为120，方形能照12张，长形能照16张。那时没有彩照，都是黑白的。就这也挡不住年轻人爱玩的热情。那时又有哪个不追求美呢！

在20世纪70年代，我那时正年轻，20岁出头，正是爱玩的时候，一有机会就会用我大哥的照相机去照相玩儿。那是一台“海鸥”牌照相机，上海产的，120块钱，质量相当好，照出的照片特别清晰。因此，我在青年时期留下一批珍贵的相片，现在还保存着，没事的时候，拿出来看看，总让我想起那激情燃烧的岁月，还有那些同学、同事、兵团战友、老街坊等。

到了20世纪80年代初，我已参加工作，有了经济基础，花了一百七十多元买了一台“红梅”牌照相机，带闪光灯，中国常州生产，质量相当棒，我用了几十年。直到2013年，女儿给我买了一台新照相机，小巧玲珑，比一盒香烟还小一点儿，装在衣兜里非常方便，女儿对我说：“这是数码相机，您随便照，它不用胶卷儿，想照多少就照多少，不好的就随时删除。”有了这款新照相机，我那老“红梅”就成了“文物”了。也难说，现在胶卷都没有卖的了，那老式照相机自然就淘汰了。现在，人们都用手机照相，我看这数码相机也快淘汰了。

三转一响一喀哒就给您说完了。因为写这篇文章时，凭的都是儿时的记忆，所以难免有的地方说得不准确，希望大家能够体谅，多担待。然而，这些东西随着历史的潮流，也已被淘汰消失。但它毕竟在历史的长河中有过令人难忘的记忆，随波逐流……

说几件胡同中的冬季吃食

小雪节气已过，北京正式进入了猫冬阶段。季节的变幻，除了带来气温和景色的变化外，也带来了吃食上的变化。

天气说冷就冷了，回忆起儿时过冬的情景，还真有点意思。在咱老北京，冬日里有三样最具风味的时令小吃，那就是糖炒栗子、烤白薯和糖葫芦。

糖炒栗子

“栗香市前火，菊影故园霜”便是清代描写北京风情的诗句。北京人冬天爱吃糖炒栗子，闻着栗香，排着长队，是冬天的一景。拿着热气腾腾的纸袋，剥开金黄的栗子，温暖和美味留在嘴里也甜在心里。

儿时，我清楚地记得，在我的老家牛街路西，有一家“毛记炒货”店。店不大，主要经营花生、瓜子儿、糖炒栗子等炒货。老掌柜待人和气，卖的东西也价格低廉，很受人们的欢迎。他们店每到天一黑下来，店前总是点起一盏亮晃晃的电灯，许多牛街胡同里的小孩就在灯下嬉笑打闹，也为他们店赚了不少人气儿。

尤其在冬天，大铁锅里糖炒栗子香了半条街，炒栗人手拿一把大铁铲，在锅中不停地翻炒，锅中的栗子油亮油亮的，锅里的小石子（每颗差不多有黄豆大）也都黑亮黑亮的。锅中有时还能听到乒乒的响声，于是香气就更浓了。

每当吃起糖炒栗子，我就想侯宝林说的相声《夜行记》，他拿着一包糖炒栗子上公共汽车，售票员不让他上车的情景，真是逗！

烤白薯

说起烤白薯，我更是记忆犹新。在 20 世纪 60 年代初，生活困难，粮食不够吃。可是 1 斤粗粮票能买 5 斤白薯，这无形之中给人们解决了大问题，而白薯就成了人们的主要食物。

那时吃饭时，尤其是冬天，除了窝头就是白薯。这白薯吃多了容易胃酸，有人说吃白薯时就点儿咸菜疙瘩就能好些，我试了几次，确实管点儿用。

记得老妈晚饭后，把没吃的白薯码在炉台上，一会儿的工夫，白薯的香气就冒了出来，而且越来越浓，整个不大的小屋充满了烤白薯的气味，香香的、甜甜的，勾引人们的食欲。这时，如果你刚从外面回来，一进门儿就闻到了烤白薯香味儿，你会忍不住从炉台上拿起一块烤得热乎乎的白薯，掰开白薯外皮，看着蜜汁流出来，忙不迭地放进嘴里，烫得舌头打卷儿，连吸溜带哈气，那感觉真的好美。那天是我三哥，这事我记得倍儿清楚。

那时，入冬后在北京的大街小巷里，会经常看见卖烤白薯的，他们把铁皮桶做成炉腔，内有炭火，白薯一圈一圈沿着铁桶壁一个挨一个地摆放着，离着老远就能闻到烤白薯的香气。这时一个姑娘走过来："大爷，您给我来一个烤白薯。""好嘞！"当姑娘接过热气腾腾的烤白薯，撕开皮，咬上一小口，细细品其中的味道，那白薯甜甜的、软软的，入口即化，甜腻诱人，尤其贴在皮上的部分最甜。这我也深有体会。

糖葫芦

在我儿时的北京，入冬之后，胡同里会传来卖糖葫芦的吆喝声："冰糖——葫芦儿。"这样的吆喝声最能勾引孩子们的馋虫了。可是那时就像那首《前门情思大碗茶》歌中唱的那样。"吃一串儿冰糖葫芦儿就算过节……"虽然，那时的冰糖葫芦只有 5 分钱一串儿，大一点儿的 1 毛钱一串儿，可是吃的机会真是少之又少。

说起冰糖葫芦还有一首歌是专唱它的："都说冰糖胡卢酸，酸里面它裹着甜……象征幸福和团圆。"的确是那样儿，糖葫芦不但酸甜可口，给人们带来味觉享受，它更像是一种象征，象征团圆、红火、喜庆。

记得儿时，过年的时候，逛厂甸的情景，真是历历在目。那是 1963 年，我已经是五年级的小学生。大年初二那天，我兜里揣着老妈给的一块钱，和三哥一起去逛厂甸。那时公共汽车从牛街到虎坊桥也就 5 分钱，那也舍不得坐，都是走着去。

到了厂甸，眼都不够使了。厂甸的街面上，人头攒动，摩肩接踵，熙熙攘攘，热闹非凡，在这人流中最抢眼的就是糖葫芦了。这糖葫芦比一般的要大很多，有一米多长，拿时要举在手里，如果横着拿怕挤坏了。您就看吧，人流中净是举着糖葫芦的，红彤彤像一片流动的糖葫芦树林，真是好看！说起来，那可真是厂甸里的一大特色，一道靓丽的景观呀！

您别看这糖葫芦挺大，不贵，才三毛钱一串，我也买了一串，举在手里，心里真是一个美呀！

在北京冬天里还有两样儿好吃的东西，在这儿我也给您说一说，那就是冻柿子和水萝卜。

冻柿子

在牛街，我们家住的胡同叫吴家桥四条。胡同的尽西头有一个做小买卖的老头，平时卖一些糖豆大酸枣的，也卖一些廉价的海棠酸梨。到了冬天，他专门卖冻柿子，他吆喝出来也好听："冻柿子哟——喝了蜜的大柿子——"

小时候，我也曾花上几分钱，买一个冻柿子，和街坊的小伙伴一起品尝冻柿子。您想呀，本来北京冬天就特冷，在冬天再吃冻柿子，那真是冷上加冷，"嘎嘣嘣"嘴里啃着冻柿子，冷得浑身打哆嗦，就都是我们这帮孩子干的事儿。

真正的老北京人才不像我们这帮孩子那么吃冻柿子。是很讲究的，也有一套方法：吃之前，先把冻柿子放在冷水盆里，过一会儿，皮上还有一层冰，而柿里肉却融化成了一包汁水。吃的时候，把柿子从盆里捞出来，放一个碗里，先咬上一小口，然后对着破口用嘴一吸，那清凉甜蜜的柿子汁缓缓涌入口腔，那感觉真的很不错，所以老北京人都管吃冻柿子叫"喝了蜜"。

水萝卜

我说的水萝卜，就是人们常吃的"心里美"。

常言说得好："冬吃萝卜夏吃姜，不劳医生开药方。"这话有一定的道理。

在咱北京，说起"心里美"可是一大特色。它的形状圆乎乎的，以重量在一斤左右的为好。它的上部是淡绿色，下部为白色。切开后肉为鲜艳的红色。口感脆甜，赛过鸭梨。

冬天一到，在北京的街头巷尾经常听到这样的吆喝："哎——萝卜，赛梨嘞——辣来换——"听到吆喝声您出门一瞧，有时是推车的，有时是挑挑儿、担担儿的。他们都有一套削萝卜的好手艺。再看他们所卖的萝卜，都是一个一个精心挑选的，大小都差不多，而且透着干净、清爽。拿起一个用指头一弹，当当儿的，一刀切下去，咔嚓嚓地响。吃在嘴里甜滋滋、凉丝丝的，别提多爽了。

咱北京人爱吃面，尤其是炸酱面更是百吃不厌。在冬天，您如果吃炸酱面，用“心里美”切上一盘细丝儿当菜码，再切上几块小块儿就着吃，会别有一番风味，好吃着哩！

关于北京冬天里的美食，就给您说这么几样儿，其实在咱北京，冬天里的美食还有很多，我就不一一说了，愿您在冬天里好好地享受一下舌尖上的快乐吧！

说说咱北京话中的“土成语”与“方言”

我是一个老北京人，祖祖辈辈都生活在北京的南城宣武区的牛街。而现在宣武区与西城区合并，统称西城区了。

对于家乡，我充满了热爱，尤其是那纯正的、有滋有味儿的北京话，听起来是那么的入耳，那么的亲切，那么的温馨。因此普通话中规定：以北方话为基础方言就是这个道理。但细说起来北京话与普通话还是有明显的区别的。

比如北京话中有许多的土话，也就是地方方言，让许多外来人听不懂，不知道你要说的是什么意思，让人费解。我就跟您简单说说北京话中的“土成语”和“方言”。

先说说“土成语”。

在我国汉语成语中，一般的情况下，多数为四个字，当然也有个别的成语不是四个字，在这里就不一一说了。成语一般的有典故、有哲理、有出处。而我说的北京话中的“土成语”就另当别论了。

北京话中的“土成语”也多是四个字，可是在成语词典里您找不着，所以我给加了个“土”字，就算是“土成语”了，下面说几个您瞜瞜（北京土语，看看的意思）：

招猫递狗：好动，不实闲。招招这个，惹惹那个，都是小动作。

例句：我说二哥，你们家强子都十六七了，真不让人省心，整天招猫递狗的，这不，因为一根冰棍儿，又给二海招哭了。

闹了归齐：折腾了半天才弄明白。

例句：二伯，您今儿个在大街上看见那个人是谁呀，我想了半天，才想起来了，闹了归齐是咱以前的老街坊黄伯伯，我说怎么那么眼熟呢！

归了包撮：几样儿东西或几个人，不多，都算上，也没几个。

例句：

①您瞧，这几个胡萝卜，还有几个土豆，归了包撮也没多少，您给一块钱得了！

②张大爷，今儿个这场露天电影，我们真想看，归了包撮就我们三个孩子，您就让我们进去吧！

叼着估样：想方设法，变换花样。

例句：您也知道，现在条件就这样，在英子闹病这几天，我叼着估样给她做吃的，您说我容易嘛我！

人五人六：表面上干干净净，整整齐齐，说话有分寸，有礼貌，实际上不是那么回事。

例句：二婶，您别看祥子整天人五人六的，其实初中都没毕业，整天没个事由，这什么时候算一站哪？

血渍呼啦：不知伤得如何，满头满脸都是血，挺吓人。

例句：二大大，你们家二宝又跟人打架了，满脸血渍呼啦的，您快瞧瞧去吧！

手拿把攥：有把握，稳健。

例句：就这点儿活，您放心吧，我手拿把攥，一会儿就给您归着利落了。

下面再给您说几个简单的：

吊儿郎当：指人说话办事没准头，不负责任，不靠谱。

呆头呆脑：指人傻里傻气的意思。

假不指着：从外表上看不指着，但实际上求之不得。

叮当五四：形容动作迅速，干事快的意思。

不得烟抽：不得意，受冷落的意思。

抠抠搜搜：指做事小里小气，不大方的意思。

眼馋肚饱：已经酒足饭饱，但不愿放下筷子。

以上所说只是北京话中的部分“土成语”，其实像这样的“土成语”还有很多，在这里我就不一一说了。

下面再跟您说说北京话中的方言。

北京话中有许多地方方言和土语。所以它不能代表普通话。说出来可能外地人听不懂，不过这土语让北京人说出来挺有味儿的，字词中还包含着某种意思。下面我就说几个您听听：轴：指人的脾气执拗。各：指人的脾气个别古怪，不合群。麻爪：四肢麻木，动弹不得，耗子见到猫麻爪了。土鳖：形容没见过世面的人。碎催：办小事的人，带有贬义。歇菜：彻底不行了。劳驾：求人时的客套话。肝颤：害怕的意思。压根：起始意思，就是刚刚开始的时候。消停：静下来的意思。鸡贼：为人不大方，小气鬼，抖机灵的意思。晕菜：遇到事情不知所措，晕了头脑的意思。挑费：家庭日常生活用度的意思。淘换：寻找，挑选的意思。掉腰子：要滑头，不老实。猫盖屎：办事糊弄，不认真。点儿背：运气不好，倒霉。盘儿亮：指女性漂亮。念央子：说事让旁人听，有意见、有看法不直接说。羊上树：比喻趾高气扬、忘乎所以的人。甩咧子：发泄不满的意思。逗闷子：开玩笑的意思。撒丫子：迈开腿，快跑的意思。

太多了，北京话中的土语还有很多，我上述只挑了有代表性的几个，您听着有点意思吧！

最后找补几句，普通话要推广，但北京话也要给它保留一定的空间，让它永远传承下去。

说说咱北京人的“早点”

常言道：民以食为天。

人是铁，饭是钢，一顿不吃饿得慌。

在咱北京，人们每天三顿饭，必吃。而中午、晚上都叫吃饭。唯独管早上的一顿叫“早点”。您说怪不怪？

可见，吃早点在咱北京是有讲究的。我就跟您说说咱北京人吃早点。

我是一个老北京人，祖居北京的牛街。说起牛街您肯定不陌生，因为那里是咱北京回族人口聚居的地方。那里的居民绝大多数都是回民。因此，就形成了自己的生活习惯。而那里的回族清真小吃在北京也是大大的有名。

我是共和国的同龄人，记得儿时懂事和记事开始，北京人吃早点各有不同。像我们家居住的大杂院里，当时住着七八户人家，各家都根据自己的条件选择早点。我记得我小时候净吃窝头了，每天的早点就是半拉窝头、一碗豆汁儿。我们家对过儿就住着铁家大娘儿，卖豆汁，二分钱一碗，咸菜丝免费吃。像这样的早点我吃了很长一段时间。

过去在牛街，小胡同里有好几家个体的小铺，有卖各种生活用品的，也有卖吃食的，像做早点炸油饼、烙烧饼的就有好几家。我上小学后，老妈有时高兴，给我 5 分钱，让我去吃早点。就这都舍不得吃，攒起来去买小人书。有人要问：5 分钱能吃早点吗？答：能。那时 5 分钱一个烧饼，3 分钱一个火烧。烧饼和火烧的区别是一个有芝麻卖 5 分，一个没芝麻卖 3 分。炸焦圈 2 分。买一个火烧掰开，买一个焦圈儿往里一夹，对孩子来说，就是一顿不错的早点，吃去吧，真香！

到了夏天，人们都在院子活动，乘凉、吃饭。都把小炕桌摆在院里的地上，各家的早点就看出来了，有吃窝头咸菜的，有吃烧饼油饼的，但不管怎么说，各家都会沏上一壶茉莉花茶，不管是好茶叶也好，廉价的“高碎”也好，总之，早上喝上一杯茉莉花茶已成为牛街人的习惯。它伴随着牛街人走在生活的道路上。

随着时间的推移，长大了，工作了，兜里也多少有点钱了，早点也应该改善一些了。

在牛街北口，广安门内大街的路南，有一个清真大食堂，是牛街人常去的地方。那里的炒菜那叫一个地道。冬天的涮锅子也非常鲜美。因此，在 20 世纪 80 年代初改名为“两益轩”，牌匾还是杨静仁题的。

那时清真大食堂的早点那叫一个火，烧饼、油饼、包子、馅饼、豆浆、江米粥、炒饼，应有尽有。每天早上这里热闹非凡，吃早点的人还真不少。人们根据自己的需要来买早点，然后找一个桌子，坐下后慢慢地享受。也有买了早点拿回家去吃的。

吃早点有讲究，要搭配合理，才吃得舒服。下面我说几种：

搭配一：一个油饼、一个烧饼、一碗热豆浆（可加糖），稀干搭配，不错。

搭配二：两个包子（牛肉大葱馅，一毛钱一个），一碗小豆粥，绝配。

搭配三：一张肉饼（牛肉大葱馅，里外冒油，二毛钱一张），一碗江米粥，好！

搭配四：两个烧饼，一碗豆腐脑，有干有稀，不错。

搭配五：半斤炒饼（素、肉自选），吃完走人。

您瞧，说了这么多，馋虫都快出来了。其实，除了清真大食堂，还有一个好去处，那就是离牛街不远的菜市口。菜市口有一个“南来顺小吃店”，清真的，我的另一篇文章《忆南来顺小吃店》专门细致地介绍了南来顺小吃店，那儿的品种比牛街清真大食堂多，门脸儿也大，有机会您可以看一看。

现如今，人们的生活越来越好，早点也有了变化，牛奶、面包、果酱，尽可享用，就连酱牛肉、炸鸡也想吃就吃。可是，您得悠着点儿，严防“三高”呀！

对我来说，还是烧饼、油饼好吃呀！

思　雪

近几年，不知怎么了，北京的冬天很少下雪，去年一个冬天仅看见飘了几片雪花，连一场小雪都没有下。今年更得，眼看冬天已过了一大半儿，节气已接近小寒。常言说：“小寒大寒又一年。”转眼明年的2月4日就立春了。就连电视上的《天气预报》中也常说，北京已有两个多月没有降水（雨、雪）了，火险等级高，提醒大家注意防火。可直到现在，连一片雪花也没看见，人们急切的盼望，何时才能下雪呀！

我是共和国的同龄人，在北京的宣武区牛街一条普通的小胡同的一个大杂院中长大。从我记事起，清楚地记得，每年的冬天，在咱北京都能下上几场或十几场雪，那雪有大有小，有时大雪会下上一天一夜，足足下了有一尺多厚。

美好的事物，总能给人留下美好的回忆。记得1963年腊月初的一天，北京的上空阴沉沉的，黄昏的时候，雪花就开始飘落，先是小小的，稀稀落落的，可是没过一会儿，大片的雪花就飘落下来，书上常说的“鹅毛大雪”就是如此吧！那雪花一大片紧挨着一大片，每片都有鹅毛般大，纷纷扬扬从天而降，而且一阵紧似一阵。不大的工夫，地上、房顶上、树身上都挂上了白，而且越积越厚。天渐渐地黑了，吃完了晚饭，雪还在下着。如果此时，您站在雪中，欣赏这漂亮的雪景是多么惬意的一件事呀，您侧耳细听，能听到雪落下时窸窣的沙沙声，仿佛是一支美妙的乐曲，是那么的美好！

第二天的早晨，天还是阴沉沉的，雪花虽说没有头天晚上下得大，可还是不紧不慢地下着。推开屋门来到院中，那厚厚的落雪给人们带来了无限的惊喜，当您来到胡同里，放眼望去，整个胡同变成了一个童话般的世界，地面上、房顶上、矮墙上、树枝上都落满了积雪，足足有一尺多厚，大人们有的还需要工作，去上班，走在路面上真是一步一个脚印，都没了脚面。如果要骑自行车上班可有点不方便了，雪太厚，推着都挺费劲，更别说骑了。所以大家都选择了坐公共汽车去上班，就好得多了。

那年我已经是小学五年级的学生了，学校放寒假，在家里除了写作业，剩下的就是玩儿了。那场大雪给我们这帮孩子带来了无限的乐趣。我们那条胡同里的小伙伴都出来了，大家高兴得又蹦又跳，不由自主纷纷地打起了雪仗，把雪攥成雪团儿往对方身上砸，玩了个不亦乐乎，欢声笑语响彻了整个胡同。

除了打雪仗，还玩儿滚雪球。先把雪攥成一个雪团儿，然后往雪地里滚，反复滚，这时雪球就会越滚越大。像我们胡同的小伙伴二宝和祥子，每人都滚了一个大雪球，最后俩人累得满头大汗（下雪时天气不冷），实在推不动了，才放手。俩人哈哈大笑，都说自己的雪球滚得大。

那时我们这帮孩子，什么都敢干，还吃过雪。由于雪下得大，在矮墙上、台阶上能清楚看到雪的厚度，大一点的孩子用手扒去上面的一层，然后捧出中间层次的雪放在嘴里吃了起来。看到他们吃得津津有味，我也尝试了一下，学他们的样子吃起了雪。说实在的，那雪放在嘴里，也没什么特殊的味道，跟自来水的味道差不多，只是觉得凉凉的，仅此而已！

那天的下午，我们住的大杂院里的杨伯伯还领着我们在院子里堆了个大大的胖胖乎乎的雪人，雪人的眼睛是用两个煤球儿做的，鼻子是一个翘翘的红辣椒，嘴巴用一块两头向上弯的劈柴，不知是谁给雪人头上扣了一个小铁桶当帽子。这个雪人好像很高兴的样子，总是对着我们傻笑。望着这傻乎乎的雪人，大家都笑了，我们更是笑个不停，真高兴。

那雪下了一天一夜，第二天雪停了。我的三哥比我大两岁，他带着我去逮鸟。他先用扫帚在院中的雪地上扫出一块空地儿，然后把我们家大蒸锅上的笼屉盖用一根细绳捆住的小棍支起来，在底下撒上一些小米，我俩拿着细绳的另一头悄悄地躲在屋里。不一会儿，就飞来了几只麻雀，要说这麻雀真是机灵，不愧叫“老家贼”，只看它们落下后围着笼屉盖蹦来蹦去，歪着小脑袋，这儿瞧瞧，那儿看看，就是不进去。可能是架不住美食的吸引，一只麻雀快速地从里面叨出一粒米退出来后吃了下去，看看没事儿，又吃了两三次。我和三哥躲在门后，又紧张又兴奋，我示意三哥快拉绳儿，三哥倒是很沉着，等有三四只麻雀都进入了笼屉盖，才猛地一拉绳儿，笼屉盖落了下来，轰的一声，麻雀都飞走了，不知里面扣住了没有，我们跑出屋来到跟前，听见里面有噗噜噗噜的撞击声，知道扣着了，三哥蹲下身慢慢地掀起笼屉盖儿，一只麻雀从里面钻出来后噗噜一声飞走了。三哥赶紧又盖上盖儿，然后手慢慢地伸进去抓里面的麻雀，可怎么也抓不着，手再伸进去一些，空隙大了些，最后一只麻雀也钻了出来飞走了。我们感到很沮丧，忙乎了半天，一只麻雀也没逮着。不过事后想起来也觉得挺有意思。

那年的春节前夕，北京又下了一场大雪，真是乐坏了我们这帮孩子，在雪地里放炮仗是件高兴的事儿。那时的鞭炮有很多种，有麻雷子、二踢脚、铁钢鞭等。而我们小孩最爱放的还是小鞭儿。这小鞭个不大，细细的还不到一寸长，不过放起来还挺响。那时的小鞭一挂有一百头的、二百头的、五百头的等。我们放炮不像大人那样一放就是一挂。我们舍不得一下放完，而是把它拆开，拆成单个儿的放在兜里，再燃上一根棒儿香，跑到院中或胡同里，一个一个地放。把一个小鞭儿插进雪里点燃后跑开，啪的一声脆响，炸起一团雪花，真是有意思极了！

要说雪的记忆还有许多，记得那年，我跟母亲冒着雪从牛街走到菜市口，上“正兴德”茶庄去买茶叶，因为“正兴德”是一家老字号的清真茶庄，所以牛街人都喜欢到那里去买茶叶。我和老妈走在雪地上，脚下踩着积雪，发出吱嘎吱嘎的响声，那感觉真的很好。那天老妈在“正兴德”买了半斤 8 毛钱一两的茶叶，我问老妈：“您平时喝 4 毛钱一两的茶叶，今儿个干吗买这么好的茶叶？”老妈笑着说：“这不快过年了嘛，买点儿好的，好招待客人哪！”我明白了，原来是这么回事儿。老妈又说：“走，咱们上南来顺小吃店，我给你买切糕吃。”我高兴地答应着，随着老妈又冒着大雪向南来顺走去……

啊，甜美的回忆，还是挡不住我对雪的思念！

雪呀，你何时才能来到我们之间呀！

后记　在生活中发现美

我是一个热爱生活的人，因为在生活中发现了很多的美，所以在这里我给大家晒一晒自己的艺术生活。

说到艺术，我既不是明星大腕，更谈不上艺术名人，只是自己喜欢艺术，充其量只能算一个民间草根艺术者（不是家）。您听，这个词有意思吧！

我是祖国的同龄人，1950 年 1 月生于北京市宣武区牛街，回族，可以说是一个老北京人。

我的兴趣爱好比较多，就拿画画儿来说吧，我从小喜欢画画儿，没人督促没人教，全凭自觉。从小学一年级开始画，从简单到复杂，到了小学六年级就画得有模有样了。我走上教育战线后，一直从事小学美术教育，一干就是 30 多年。为了更好地开展教学工作，我于 1993 年由学校推荐跟著名画家王西林学了一期中国画，使自己的绘画水平得到提高。往后又多次得到我们昌平的画家白俊龙老师的辅导，使自己受益颇深。

对于书法，我也非常喜爱，尤其是硬笔书法。因为作为一名教师，黑板上的板书非常重要。于是我就在 1992 年— 1993 年自费到中国书画函授大学学习硬笔书法，在工作的同时，也创作出大量硬笔书法作品。

在生活中，读书和写作是我的最爱，由于读的多了，自己也想写点东西，我热爱生我养我的牛街，同时也爱我的第二故乡昌平。我来昌平已经 20 多年了，我目睹了昌平的巨大变化，心里真是高兴，总想把它写出来。于是自 2003 年开始了文学创作，先后在《北京晚报》《京郊日报》《中国电视报》《北京广播电视报》《北京纪事》《章回小说》《昌平报》《昌平文艺》《军都之苑》《老年之声》等报纸杂志上发表散文、随笔、评论、诗歌、歌词、相声、幽默小品、笑话等作品 30 多万字。这其中有回忆牛街的，也有赞美昌平的内容。由于写的多了，在 2014 年，由北京燕山出版社出版了我的散文集《牛街琐忆》

一书，受到了专家和读者的一致好评，被誉为“京味儿散文”。因此，我也为弘扬民族文化和北京胡同文化贡献了一点微薄之力，心里由衷的高兴。

我前面说过，我是一个热爱生活的人，除了上述所说，我还喜欢唱歌、唱戏、下棋、旅游、摄影等。甚至烹调我也喜欢，没事儿的时候自己捣鼓点吃的，别有一番情趣。因此，在我写的文章中，有一部分是和吃的有关，我可以称得上是一个小小美食家。

以上就是自己的“艺术”生活，说明了我就是一个热爱生活的人，不图名，不图利，只想把生活中的美和大家一起分享，仅此而已。

《牛街琐忆》一书的出版，很多读者问我许多问题，尤其是从小一起玩大的一条胡同的发小，他们希望我写出更多的关于老牛街的往事和趣事。于是，近年来我走访了一些老街坊，搜集了解了一些有关资料，再就是凭自己的记忆，又写出了关于牛街方面的文章。

因为牛街是生我养我的故乡，因此这本《家住牛街》就和读者见面了，它可以称为《牛街琐忆》的姊妹篇。在奉献给读者的同时，顺便说一下，我之所以把这本书取名《家住牛街》，是充分抒发我对牛街的爱，还有一丝怀旧之情，从中体现出我对北京的胡同文化和对牛街民族文化的热爱。我希望把这份爱永远地传承下去，在历史的长河中继续发扬光大。让这古老的东方文明古国在世界之林中更加繁荣昌盛，更加灿烂辉煌！

最后，说明一下，此书的形成，我还要感谢那些帮助我的人，他们是高若虹、张晓红、刘金玲、陈文玺、宋文莲等，还有我的三哥陈春林。谢谢他们的大力帮助和支持！

郑重声明

此书中的插图和照片均由作者本人绘制和拍摄。只为文化传播，传承北京胡同文化和民族文化，特此声明。